Also sprach der Maharadja...

Märchen, Geschichten und Erzählungen aus dem alten Indien

Von P. F. Schürrle-Sharkar

Inhaltsverzeichnis:

Vorwort

Seit über 30 Jahren ist die indische Kultur zu einer Leidenschaft für mich geworden. Meine Erfahrungen, meine Erlebnisse und mein praktisches Wissen über die bengalische und rajasthanische Kultur habe ich in meinen Geschichten und Märchen verwoben. Die beiden indischen Legenden der hinduistischen Mythologie sind ein Teil tausendjähriger Überlieferungen. Diese habe ich in vereinfachter Form mit meinen Worten nacherzählt.

1982 begann ich mit Kochkursen, Vorträgen und Ausstellungen über Bangladesch und Indien an die Öffentlichkeit zu gehen.

Durch glückliche Umstände bekam ich 2003 erstmals Kontakt mit dem Bildungs- und Sozialwerk Württemberg/Baden. Seither bin ich bei vielen Landfrauenvereinen in Baden-Württemberg zu Gast. Es entstanden sehr fruchtbare Beziehungen. Es waren in erster Linie engagierte und sehr interessierte Frauen dieser vielen Vereine, die mich inspiriert haben meine Geschichten an die Öffentlichkeit zu bringen. Die eigens für die Landfrauen Niederstetten produzierte Inszenierung „Also sprach der Maharadja......“ gab den Ausschlag dafür, diese Geschichten, Märchen und Legenden als Buch zu veröffentlichen. So lag auch der Titel des Buches auf der Hand.

Bei all diesen Frauen möchte ich mich an dieser Stelle bedanken.

Mein herzlicher Dank gilt meiner langjährigen Künstlerfreundin und Illustratorin des Buches, Maria Khan. Herrn Norbert Sauer danke ich für sein Lektorat und Herrn Achim Köpf dafür, dass er die einzelnen Teile zu einem harmonischen Ganzen brachte.

Zu guter Letzt gilt mein besonderer Dank meinem Ehemann Ronju Sharkar, der in all den Jahren meine Studien der indischen Kultur und Kunst gefördert hat.

Also sprach der Maharadja

„Ich, Maharadja von Kishanpur, werde die Tochter des Oberpriesters des Vishnu-Tempels heiraten!“

Der Maharadja hatte sich unsterblich in die sanftmütige Tochter des Oberpriesters verliebt. Bei Festlichkeiten im Tempel war ihre Erscheinung ihm sofort ins Auge gesprungen. Keine der Radjputendamen besaß ihre graziösen Bewegungen. Nachdem er sie erblickt hatte, wurde er von dem Gedanken beherrscht dieses Mädchen zu seiner Gemahlin und Maharani zu machen. Koste es was es wolle! Er kam nicht einmal auf den Gedanken, ob auch sie, die Brahmanentochter, seine Frau werden wollte!

Als seine Majestät Maharadja Gajendra Singh Chauwan von Kishanpur diesen Plan fasste, hatte er nicht mit dem Widerstand der Brahmanenkaste gerechnet.
Und das verhielt sich so:
Gajendra Singh Chauwan entstammte der vornehmen Kriegerkaste von Rajputana (dem heutigen Rajasthan). Er war der Herrscher über ein riesiges Gebiet in der Wüste Thar. Sein ganzer Reichtum bestand aus einer Menge Sand und einigen trostlosen Hirtendörfern. Das Schönste an seinem Besitz waren die vielen Pfauen, die die Dächer seiner Festung bevölkerten, die auf einem kleinen Hügel lag. Zu deren Füßen befand sich ein stattliches Dorf. Fast das ganze Dorf gehörte der Brahmanenkaste, der Priesterkaste, an. Deren Leben und Dasein bestand einzig darin im Tempel Dienst zu tun. Aus ganz Rajputana pilgerten die Gläubigen zum Vishnu Tempel nach Kishanpur. So kam es, dass die Brahmanen ganz gut von Tempeldiensten, die sie sich großzügig von den Pilgern vergüten ließen, leben konnten. Aus diesem Grund besteuerte der Maharadja die Brahmanen immer mehr, so dass sein Reitstall und seine Kamelherden immer größer wurden. Die Brahmanen nahmen es als gottgewollt hin. Der Maharadja war schließlich der Maharadja,

was konnte man dagegen tun? Die Pilger entrichteten schließlich auch ihren Obolus. Bis jetzt wusste jeder, wo sein Platz im Leben war: die adligen Krieger auf dem Hügel, die Brahmanen im Tempel, die Hirten und Nomaden in der Wüste; nun ja und die Rajputinnen in der Zenana, den Frauengemächern, die Brahmaninnen in Haus und Hof, die Frauen der Hirten im Zelt oder auf dem Melkschemel. Die adligen Damen verbrachten ihre Tage in tödlicher Langeweile, nur unterbrochen von der immer wiederkehrenden „Kleiderfrage“: Welches Gewand trage ich heute? Welches Geschmeide lege ich morgen an? Die Brahmanenfrauen verbrachten ihre Tage mit Beten und Fasten, bis sie nur noch ein Schatten ihrer selbst waren. Der Alltag der Hirtinnen war geprägt von harter Arbeit und Entbehrungen, die das Leben in der Wüste mit sich brachte. Eines jedoch hatten alle diese weiblichen Wesen gemeinsam: Sie wurden geboren, um folgsame Ehefrauen zu werden. Nur manchmal gelang es einer dieser fügsamen Wesen für kurze Zeit „zu leben“, bevor sie in ein Leben der Pflichten und Gebote eintrat.
Solch ein seltenes Menschenkind war die Tochter des Oberpriesters – Lakshmi, genannt nach der Glücksgöttin. Ihre Freiheit war der tägliche Gang zum Tempel. Zwar bedeckte stets sittsam ein langer Schleier ihr Haupt. Sanft war ihr Wesen, nie widersprach sie ihren Eltern. Die Nachbarn rühmten ihre Frömmigkeit. Jeden Tag trug sie ihren Pudjateller - ihr Andachtstablett - mit frischen Wüstenblüten in den Tempel, um Vishnu zu huldigen. Doch was die Eltern und Nachbarn nicht wussten: Ihre Gaben wurden stets von einem jungen Brahmanen namens Dibyendu entgegengenommen, der sie in das Allerheiligste brachte. Nie sprachen sie ein Wort miteinander, sie sahen sich nur in die Augen. Beim Überreichen des Andachtstellers berührten sich ihre Finger sacht. Bisweilen trafen sie sich wie zufällig in einer dunklen Tempelnische. Diese kostbaren Augenblicke der Freiheit in göttlicher Obhut, sollten diese jetzt zu Ende sein?

Am Morgen war Lakshmis Vater ganz aufgebracht von einer Audienz beim Maharadja nach Hause gekommen. Der Vater hatte die Fassung

verloren! Noch nie hatte Lakshmi den Vater die Stimme erheben hören: „Ein Krieger, zwar ein Maharadja mit weltlicher Macht, erdreistet sich, mir, einem Brahmanen, Befehle zu erteilen: Ihm soll ich meine Tochter zur Gemahlin geben!“
Die Mutter versuchte den Vater zu beruhigen: „ Es wird nur eine Laune des Maharadjas sein. Eigentlich ist er ein kluger Mann, er weiß, dass er nie eine Brahmanin heiraten kann. Er würde die Welt auf den Kopf stellen. Die Sonne vermählt sich auch nicht mit dem Mond!“

Jeden Tag erschien nun der Bote des Maharadjas im Haus des Oberpriesters mit der Aufforderung einen Vermählungstermin festzusetzen. Jeder im Dorf zweifelte mittlerweile am Verstand des Maharadjas. Schließlich war es ein ungeschriebenes Gesetz, dass ein Mitglied der höchsten Kaste, also sie, die Brahmanen, nie in eine niedrigere Kaste wie die der Krieger einheiraten würden. Doch die Forderungen des Maharadjas wurden immer bedrohlicher. Jeder Dorfbewohner bedachte Lakshmi mit mitleidigen Blicken auf ihrem täglichen Gang zum Tempel. Besonders jetzt in der winterlichen Hochzeitssaison – überall fanden Hochzeiten statt! Wie lange würde sich der Maharadja noch gedulden? Lakshmis Mutter bemerkte, dass ihre Tochter jeden Tag länger im Tempel verweilte. Doch es war nicht Lakshmis Frömmigkeit, die sie im Tempel festhielt. Es war der junge Brahmane Dibyendu, der Lakshmis zitternde Hände hielt, ihr behutsam die Tränen trocknete und ihr Mut zusprach. Endlich hatte er das Wort an Lakshmi gerichtet, ihr seinen geheimen Plan ins Ohr geflüstert! Doch wie könnte man diesen Plan in die Tat umsetzen?

Als Lakshmi nach Hause kam, sah sie ihre Eltern mit sorgenvoller Miene vor dem Hausaltar sitzen. Der Vater unterdrückte mühsam seinen Zorn: „Höre meine Tochter! Morgen in der Frühe wird der Maharadja seine Soldaten schicken, um dich zu holen. Er wird dich zu seiner Frau nehmen, ob wir es wollen oder nicht! Bete zu den Göttern, dass sie dich verschonen!“

Der Oberpriester ging in den Tempel, um sich mit den anderen Brahmanen zu beraten. Auch der junge Brahmane Dibyendu war in der Ratsversammlung. Die älteren Brahmanen waren ratlos, bis ihnen Dibyendu seinen Plan kundtat.

Im Palast hingegen war jedes Gemach hell erleuchtet, es herrschte eine Stimmung wie in einem Bienenstock! Die adligen Damen schwirrten geschäftig umher, schmückten das Hochzeitsgemach für den Maharadja und die Brahmanentochter Lakshmi. Fleißige Dienerinnen fädelten Rosen, Jasmin und Ringelblumen zu Blütenvorhängen für das Brautbett. Der Haushofmeister ging von Gemach zu Gemach und besprengte die Teppiche mit Rosenwasser. Der Maharadja allerdings beriet sich mit seinen Gefolgsleuten. Man würde das Dorf im frühen Morgengrauen besetzen und die Brahmanentochter auf die Festung führen. Man hatte bereits einen pilgernden Priester aus dem fernen Gudjerat gefunden, der ihn mit der Brahmanentochter Lakshmi vermählen würde.

Der Morgen graute, die edlen Pferde und die wertvollen Reitkamele des Maharadjas wurden gesattelt. Gajendra Singh Chauwan war in seiner besten Reitkleidung erschienen. Ungeduldig inspizierte er die Reiter und deren Waffen. Einer seiner Hauptleute, ein alter Haudegen, ganz mit seinem Kamel verwachsen, spöttelte vor sich hin: „Eine ganze Armee, um eine Braut zu erobern! Kein gutes Omen für eine Vermählung!“ Der Maharadja überhörte dies geflissentlich. Er ließ aufsitzen. Schon stürmten sie in gestrecktem Galopp dem Dorfe zu. In der Dorfstraße empfing sie gespenstische Stille. Kein Hahn krähte, keine Andachtsgeräusche und kein Muschelhorn ertönten zur morgendlichen Andacht. Nirgends brannte eine Gebetslampe. Weder der Rauch der morgendlichen Dungfeuer noch der Duft von Fladenbrot zogen durch die Gassen. Keine streunende Katze – nichts! Ein Hauptmann sprang vom Pferd, klopfte an der ersten Haustüre – keine Antwort! Er wollte schon die Türe aufbrechen, doch diese gab widerstandslos nach. Er trat ein – das Haus war leer. Nicht einmal ein Schemel oder ein Bett

M Khan

waren zu sehen. Ungläubig eilte er zum nächsten Haus – auch das war verlassen! Jedes Brahmanenhaus war leer – keine Menschen, kein Hausrat, keine Möbel, nichts! Nur in den Nischen der Hausaltäre sah man die niedergebrannte Asche von Räucherstäbchen.
Der Maharadja eilte mit seinen Soldaten zum Vishnu Tempel. Sicher hatten sich die Dorfbewohner hier versteckt, hatten Schutz gesucht bei Vishnu!
Der Tempel lag noch im Dunkeln, keine Menschenseele war zu sehen. Nur das bronzene Andachtstablett Lakshmis lag zu Füßen des Standbildes des Gottes Vishnu. Die Hibiskusblüten darauf waren verwelkt, die Asche erkaltet. Nur noch ein schwacher Duft von Sandelholz erfüllte den verlassenen Tempel.
Wo waren sie, all die Dorfbewohner? Wo war sie, Lakshmi, die Auserwählte des Maharadjas? Als Maharadja Gajendra Singh Chauwan den Tempel verließ, ging gerade die Sonne auf. Die ersten Strahlen der Wüstensonne fielen auf Wagenspuren im Sand, die in die Wüste führten. Alle Dorfbewohner hatten ihre Heimat verlassen und waren in die Wüste gezogen, um zu vereiteln, dass eine Brahmanin einen Krieger heiraten musste. Der Plan des jungen Brahmanen Dibyendu war geglückt! Doch ob er die Brahmanentochter Lakshmi zur Frau bekam, wissen nur die Götter und der Wüstenwind!

Inspiriert durch die Geschichte eines verlassenen Dorfes in Rajasthan in der Nähe von Jaiselmer

Der weiße Elefant und der Duft der Rose!

Heute also ist es endlich soweit, die Prinzessin Lotosblüte wird ihren Prinzen Vikram heiraten! Dabei sah es zuerst überhaupt nicht danach aus, dass der Maharadja Sri Govinda Singh von Modhupur seine einzige Tochter „Schaplaful“ (was soviel heißt wie Lotosblüte) diesem Prinzen geben würde. Zwar ist dieser Prinz sehr, sehr blaublütig, aber leider ohne nennenswerten Landbesitz. Nun ich, ihre älteste Hofdame Rohini, war mir aber von Anfang an sicher, dass unsere geliebte Radjkumari, unsere Prinzessin, diesen sonderbaren Prinzen bekommen würde.

Nun fragt man, was sprach dafür? Ganz einfach - Moti. Der weiße Glückselefant des Maharadjas trompetete fröhlich, als der Prinz hoch zu Ross in den Palasthof ritt. Nun ja, zugegeben, es war eher eine alte Schindmähre, die man mit einer sehr schön bestickten Spiegeldecke mehr verdeckt als geschmückt hatte. Prinz Vikrams Vater, ein Vasall unseres Herrschers, hatte mehr aus Höflichkeit eine Bekanntmachung der Prinzenwerbung und eine Miniatur unserer Prinzessin Lotosblüte erhalten. Als nun Prinz Vikram die Miniatur der Prinzessin zu Gesicht bekam, war es um ihn geschehen. Vikrams Vater, der Raja von Bilpur, versuchte ihm vergeblich auszureden, bei der Brautwerbung in Modhupur vorstellig zu werden. Schließlich wollte er sich und sein kleines Völkchen nicht vor dem mächtigen und reichen Maharadja von Modhupur lächerlich machen. Selbst seine Frau, die Rani von Bilpur, trug nur vergoldeten Silberschmuck und die sogenannten Kronjuwelen waren nur aus geschliffenem buntem Glas. Was konnte man dem Maharadja und seiner Tochter als Werbungsgeschenk überreichen? Doch Prinz Vikram ließ sich nicht beirren. Den schönsten Rosenstock aus dem Palastgarten grub er eigenhändig aus und setzte ihn in seiner Mutter schönsten Messingtopf. Dies war sein Geschenk für die Prinzessin. Sein Vater fragte: „Was willst du dem Maharadja zu Füßen legen? Etwa einen Kürbis oder einen Sack Bohnen?“ Nun, der Prinz überlegte nicht lange, eilte in die kleine Bibliothek des Palastes und kam zurück mit einem sehr alten beschrifteten Palmblatt, Verse aus den heiligen Veden. Sein Vater runzelte die Stirn und meinte: „Mein Sohn, dies ist das einzig Wertvolle, das wir besitzen, denn das Wissen ist das Edelste, was ein Mensch besitzen kann. Doch ich bezweifle, dass Maharadja Sri Govinda dies zu schätzen weiß. Er sammelt fremdländische Waffen und gar Kanonen, die von jenseits des schwarzen Wassers kommen!" Doch Prinz Vikram konnte nichts aufhalten und er brach auf nach Modhupur. Natürlich war er nicht der einzige Bewerber um die Hand der Prinzessin. Täglich trafen Prinzen auf edlen Rössern, wertvollen Kamelen und mächtigen Kampfelefanten ein, um den Maharadja zu beeindrucken. Die Prinzessin und wir Hofdamen kommentierten und begutachteten alles, ohne von den Ankömmlingen gesehen zu werden, so auch ihre Vorzüge. Aber meist waren es nur sichtbare Zeichen ihres Reichtums und falscher Stolz auf die Heldentaten ihrer Väter. Es hatten sich schon körbeweise Goldschmuck und Juwelen angehäuft und allerlei Schwerter und nutzlose, aber kostbare Nichtigkeiten angesammelt. Unsere liebe Prinzessin langweilte sich ob all dieser Einfallslosigkeit der Prinzen. Schon seit Tagen spähte sie nicht mehr hinab in den Palasthof, wo ihr Vater die Prinzen empfing. Sie besuchte lieber Moti, den weißen Glückselefanten, und flüsterte ihm ihre Meinung über die Brautwerbung ins Ohr. Insgeheim bat sie Moti um Hilfe. War er nicht stark und weise? Eigentlich wollte sie überhaupt nicht heiraten und ihre Eltern verlassen, um in einem fremden Königreich Rani oder Maharani zu werden. Sie wäre doch nur eine unter vielen Damen in den Frauengemächern und es gab nie eine Garantie dafür eine nette Schwiegermutter zu bekommen. Diese Gedanken sprach sie sorgenvoll in Motis Ohren. Plötzlich trompetete Moti und trottete vergnügt in den Innenhof des Palastes zur Audienzhalle des Maharadjas. Dort legte er seelenruhig seinen Rüssel auf einen Neuankömmling. Lotosblüte beobachtete alles, denn sie war Moti leise gefolgt, bewegte sich von Säule zu Säule vorwärts und stand nun verborgen ganz in der Nähe des neuen Prinzen und Moti. Sie sah, wie sich der neue Bewerber Moti zuwandte und ihm den Rüssel tätschelte, als ob er Moti kennen würde, und ihn an einer wunderschönen Rose riechen ließ. Und wieder trompetete Moti. In diesem Moment sah der Prinz in die Richtung unserer Prinzessin – nur eine Sekunde trafen sich ihre Blicke. Lotosblüte vergaß fast das Atmen und errötete, der Prinz erstarrte und war wie vom Blitz getroffen. Mit wehenden Gewändern floh unsere Prinzessin in ihre Gemächer und schloss sich ein. Wir alle lauschten und hörten sie bitterlich weinen, sofort folgte ein glockenhelles freudiges Lachen. So ging es abwechslungsweise den ganzen Tag. Niemand wusste, was ihr geschehen war. Die alte Amme meinte: „Entweder ist sie von Dämonen besessen oder frisch verliebt, was so gut wie dasselbe ist."

Doch auch in der Audienzhalle war man ratlos! Das sonderbare Verhalten des Glückselefanten – er ließ sich nie von Fremden berühren – ließ den Maharadja aufhorchen. Er hieß den Prinzen näherkommen und besah sich seine sonderbaren Geschenke. Er dachte bei sich: „Entweder ist er dumm oder ein gerissener Kandidat. Wer schenkt einen Rosenstock? Zugegeben, die Rose verbreitet einen lieblichen Duft, nun, und das beschriebene Palmblatt ist auch originell. Ich werde ihn prüfen!" Er klatschte dreimal in die Hände. Jetzt wusste jeder im Palast: Der neue Prinz wurde im Schachspiel geprüft. Er hatte keine Chance! Würde er gewinnen, würde der Maharadja sein Gesicht verlieren. Würde der Prinz verlieren, wäre er unwürdig, um die Rajkumari, unsere Prinzessin Lotosblüte, zu werben. Ein Unentschieden wäre seine Rettung! Wie würde sich der Prinz verhalten? Der Maharadja ließ Wein, Wasser und kleine Leckerbissen für den Prinzen kommen, er selbst zog genüsslich an seiner Wasserpfeife. Als man das Schachbrett aufstellte, war schon nach kürzester Zeit abzusehen, dass Prinz Vikram ein ebenbürtiger Gegner war. Er wollte seine Qualitäten unter Beweis stellen. Plötzlich, bevor er den nächsten Zug machen konnte, fegte Moti mit dem Rüssel die Schachfiguren zu Boden. Jedes Mal, wenn einer der beiden Gegner am Gewinnen war, trieb Moti sein Spiel. Beim dritten Mal blickten alle Anwesenden, auch der Maharadja, auf den weißen Elefanten. Ist nicht die Göttlichkeit eine Dreigestalt? Was hatte dieses dreimalige Wegfegen der Schachfiguren zu bedeuten? Der Maharadja ging auf Moti zu, kraulte ihn hinterm Ohr und meinte: „Also mein lieber Moti, ich habe verstanden, aus dem Schachspiel wird nichts. Was auch immer deine Gründe sind, so muss ich den jungen Prinzen als Bewerber zulassen." Alles was danach geschah, war wie ein Wunder. Jede Aufgabe, die den Bewerbern gestellt wurde, konnte Prinz Vikram bestens lösen. Nun ja, zugegeben, er war kein besonders guter Reiter und das Schwert war auch nicht seine beste Disziplin! Aber sobald etwas nicht so war, wie es sein sollte, ließ sich Moti vernehmen. All dies wurde von den Priestern, Beratern und älteren Verwandten als gutes Zeichen bewertet. Zu guter Letzt sollte Moti mit seinem Rüssel das schönste Geschenk aus den Körben mit Juwelen und Goldschmuck der Prinzessin zu Füßen legen. Obwohl man Moti abgerichtet hatte, das schwerste und funkelndste Geschmeide aus den Körben zu greifen, griff er, vom Duft der Rose betört, nach dem Messingtopf mit dem Rosenstock. Der Maharadja ärgerte sich insgeheim, doch sind nicht alle Elefanten heilig? Und besonders die weißen?

Als es an der Zeit war, die Prinzessin Lotosblüte, unsere Rajkumari Schaplaful, zu bitten ihre Wahl zu treffen, war kaum jemand mehr überrascht, als sie Prinz Vikram ihre Blütenkette um den Hals legte. Da der Maharadja ein gutmütiger Vater war und er seiner Tochter noch nie einen Wunsch abgeschlagen hatte, akzeptierte er die Wahl seiner Tochter, obwohl er sich lieber einen mächtigen und reichen Schwiegersohn gewünscht hätte als einen Palmblattsammler und Rosenzüchter! Unsere Prinzessin aber flüsterte ihren Dank in Motis Ohren. Prinz Vikram strahlte mit der Sonne um die Wette, obwohl ein Prinz seine Gefühle nicht so zur Schau stellen sollte. Aber was will man von einem Prinzen erwarten, der einen Rosenstock im Kochtopf seiner Mutter statt Geschmeide schenkt. Nun, langweilen würde sich unsere Prinzessin nie mit diesem sonderbaren Prinzen.

Ich selbst aber frage mich, haben die geflüsterten Bitten der Prinzessin den Glückselefanten bewogen ihr zu helfen oder war es der Duft der Rose gewesen?

Die schöne Witwe Komola

Im Osten Indiens lebte einst ein Fürst mit Namen Radja Birenthro Kumar von Natore. Dieser Fürst war in den besten Mannesjahren. Eigentlich hätte er zufrieden sein fürstliches Dasein genießen können. Sein Fürstentum Natore war weder von Feinden umgeben noch gab es Hungersnöte oder Überschwemmungen. Auch wurde er verehrt und geliebt von seinem Volk. Er war ein gerechter und umsichtiger Herrscher. Doch etwas, so meinte sein Hofstaat, fehlte ihm zu seinem Glück. Sie, meine lieben Leser, werden es erraten – es fehlte ihm eine königliche Gemahlin!

Als junger Prinz wurde Birenthro Kumar mit einer sehr blaublütigen Prinzessin eines benachbarten kleinen Fürstentums verheiratet. Doch wie das Leben so spielt, wurde sie von einer heimtückischen Seuche, die vor vielen Jahren das Fürstentum heimgesucht hatte, dahingerafft. In ihrem kurzen Frauenleben war es ihr nicht einmal vergönnt, ihre heilige Pflicht zu erfüllen und ihrem Gatten einen Thronfolger zu schenken. Seit ihrem frühen Tod hatte der Raja von Natore nie mehr den Wunsch verspürt wieder zu heiraten. Die Sorge um sein kleines Reich und die Verantwortung für die Menschen, die von ihm abhängig waren, nahmen ihn völlig in Anspruch. Doch seit einiger Zeit ließen ihm seine Ratgeber und Verwandten keine ruhige Minute mehr. Immer wieder kamen sie auf die leidliche Erbfolge zu sprechen. Aus seiner Ehelosigkeit machten sie eine Staatsaffäre. Es gelang dem Radja aber immer wieder seinen Hofstaat auf ein Morgen zu vertrösten. Jetzt kam erst einmal die große Elefantenparade, bei der er sich wie jedes Jahr seinem Volk in all seiner fürstlichen Pracht zeigen würde.

Radja Birenthro Kumar von Natore nahm auf seinem Lieblingselefanten Platz. Die stattliche Anzahl der fürstlichen Elefanten trompetete in freudiger Erwartung. Gemächlich setzte sich die Elefantenprozession in Bewegung, voran der Radja auf seinem Lieblingselefanten. Ganz

Natore war auf den Beinen. Das Volk säumte die Prachtstraße, die vom Palast zum Tempel des Elefantengottes Ganesha führte. Glücksbringende, orangenfarbene Ringelblumen und rote Hibiskusblüten bedeckten den Straßenstaub, nicht ein Krümelchen Erde war zu sehen. Der Radja grüßte huldvoll nach rechts und links, Jubel brandete ihm entgegen. Die Prozession zog an den Prachtbauten der Adligen vorbei, immer weiter in Richtung des Tempels. Dort wollte der Fürst dem Elefantengott Ganesha huldigen und ihm seine Gaben darbringen: eine Tonne Süßigkeiten, die die Elefanten auf ihren Rücken trugen. Denn Ganesha liebte nichts mehr als köstliches Naschwerk. Immer weiter ging es, immer lauter und ausgelassener wurde der Jubel der Menschenmassen. Der Blick des Radjas streifte eine Gruppe junger Frauen, die an einem Brunnen abseits der Menge ihre Wasserkrüge füllten. Er wunderte sich noch, dass sie an solch einem Festtag ihrer Alltagsarbeit nachgingen. Da geschah es! Es war nur ein kurzer Augenblick, als ihre Blicke sich trafen. Danach verschwand das Gesicht hinter einem weißen Schleier. Die weißgewandete Gestalt entschwand seinem Blickfeld. Alles, was danach geschah nahm Birenthro Kumar nicht mehr wahr. Wie mechanisch verrichtete er seine Pflichten im Tempel. Seine Gedanken kreisten nur um diesen einen Augenblick – das Vertiefen in ein Augenpaar. War es ein Zeichen der Götter? Wer war sie, diese junge Frau? Ein weißer Baumwollsari, weiß, die Farbe der Witwen! Irgendwie brachte er die Huldigungen der Würdenträger, das Entgegennehmen von Geschenken und das stundenlange Festessen zu seinen Ehren hinter sich. Nur seine körperliche Hülle wohnte dem Fest bei, sein Geist und seine Seele waren bei ihr, der weißgewandeten Frau am Brunnen. In der Nacht fand er keinen Schlaf, er sehnte den Morgen herbei. Schon beim Aufgang der Sonne ließ er seinen 1.Ratgeber und besten Freund Bipul zu sich kommen. Der Radja vertraute sich ihm an. Dieser versuchte den Radja davon zu überzeugen, dass es ein Ding der Unmöglichkeit wäre eine Witwe als Gemahlin zu wählen, noch dazu eine Frau, die selbst zum Brunnen ging. Dies war der sicherste Beweis dafür, dass es sich bei dieser jungen Unbekannten um eine einfache Frau aus dem

Volke handeln musste. Alle Einwände, so zum Beispiel, dass er ja selbst ein Witwer sei, ließ Bipul nicht gelten. Er belächelte ihn nur mitleidig. Wo käme man hin, wenn man einen Mann, dazu noch einen Fürsten, einer verwitweten Frau gleichsetzen würde! Dem Radja von Natore wurde sofort klar, dass er sich von seinem Freund Bipul keine Hilfe versprechen konnte. Wie würden sich erst seine Verwandten und sein gesamter Hofstaat verhalten, wenn schon sein Freund ihm jegliche Hilfe verweigerte? Er wusste, dass seine Gefühle für diese Frau auf Unverständnis stoßen würden. Er konnte den ganzen Hofstaat vor sich sehen, wie er ungläubig die Köpfe schütteln und immer wieder die Worte: „Nicht standesgemäß!", vor sich hinmurmeln würde. Sein Verstand gab Bipul recht, doch sein Herz sprach eine andere Sprache. Bis jetzt kannte er noch nicht einmal ihren Namen. Er wusste nicht, wer sie war, noch wo sie lebte. Doch er musste es wissen! Wie sollte er vorgehen?
Da erschien sein Leibdiener Shunil – er war die Lösung! Sofort beauftragte er Shunil alles über diese Frau in Erfahrung zu bringen. Shunil könnte sich unbemerkt unters Volk mischen. Gedacht, getan! Nun erschien Shunil jeden Morgen zur selben Zeit im Ankleidekabinett des Radjas und erstattete Bericht: „Mein gnädigster Radja Birontho Kumar von Natore, Eure Angebetete hört auf den Namen Komola. Sie ist seit einigen Jahren Witwe. Ihr verstorbener Gemahl war ein kleiner Krämer. Die Ehe blieb ohne Kindersegen, so dass die schöne Komola auch keinen Anspruch auf den kleinen Laden des Krämers hatte. Seither hilft sie den Frauen ihres Viertel und lebt von der Milde ihrer Nachbarn." Mitleid und Scham ergriffen Besitz von Radja Birontho Kumar. Er selbst lebte sein fürstliches Leben und seine Angebetete fristete ein mühsames Dasein.

Der Radja wollte noch mehr erfahren: „Sag, Shunil, weißt du sonst noch etwas über die schöne Witwe Komola? Wie könnte ich in Erfahrung bringen, ob sie sich an diesen einen Augenblick erinnern kann, als unsere Blicke sich trafen?"

Shunil musste nicht lange überlegen: „Majestät, ich bin nur Euer Diener, von Liebe und Sehnsucht verstehe ich nicht viel. Doch mein gesunder Menschenverstand sagt mir, Ihr müsstet Euch der schönen Komola selbst nähern um dies herauszufinden."

Nach Erledigung seiner fürstlichen Tagespflichten schlich sich der Radja selbst als Diener verkleidet mit Shunil aus dem Palast. Auf dem schnellsten Wege begaben sie sich in das Handwerkerviertel der Stadt. Hier wohnte sie, die junge Witwe Komola. Es war gerade Monsunzeit. Die Sonne spiegelte sich in den überfluteten Gässchen, viele Kinder spielten fröhlich und bespritzten sich gegenseitig mit Wasser. So viel natürliche Freude, die die lärmenden, jauchzenden Kinder verbreiteten, hatte der Radja selten erlebt. Es war eine ganz andere Welt als die Abgeschiedenheit des Palastes. Da hörten sie Spielleute. Alle Kinder und Frauen eilten den Klängen entgegen. Unter einem Baum standen die Straßenmusikanten. Ein junger Sänger wurde begleitet von einem Dotaraspieler und einem Dolbadok, einem Trommler. Die Frauen und Mädchen des Viertels umringten die Spielleute, klatschten mit den Händen im Takt, wiegten sich in den Hüften. In ihren bunten Saris sahen sie aus wie bunte Blüten und in der Mitte prangte eine reine weiße Blume – Komola! Sie musste seinen Blick im Rücken gespürt haben und wendete sich ihm zu, ohne den Takt der Musik zu verlieren. Ihr Nasenring glitzerte in der Monsunsonne und wippte hin und her, ihre Füße bewegten sich im Takt. Ihm war, als ob er nur den Klang ihrer Fußglöckchen vernehmen würde. Wieder waren es nur einige Augenblicke. Doch dieser kurze Moment war es, der seine Zukunft bestimmen sollte.
Leider wurde dieser kostbare Augenblick, in dem die Wirklichkeit in diesem Augenpaar versank, unbarmherzig von einem Monsunplatzregen beendet. Die Frauen eilten in ihren klatschnass gewordenen Saris ihren Hütten zu, die Kinder jedoch jubelten und tanzten im Regen. Shunil zog seinen Herrn mit sich fort, zurück in den Palast. Dem Radja erschien dieser nun wie eine Wüste, ohne Leben, ohne Freude. Die

ganze Nacht sinnierte er, schmiedete Zukunftspläne und verwarf sie gleich wieder. Dann kam ihm die rettende Idee!

Er holte seine längst vergessene Dotara aus dem fürstlichen Musikzimmer und versuchte ihr Klänge zu entlocken. Doch seine Finger waren steif geworden vom vielen Regieren. Aber heißt es nicht: „Übung macht den Meister."

Nun hörte man den Radja täglich üben. Schon nach einigen Tagen war sein Spiel erträglich und die Bediensteten hielten sich nicht einmal mehr die Ohren zu. Dies bestärkte ihn seinen Plan endlich in die Tat umzusetzen. Am Nachmittag verließ er als Spielmann verkleidet mit seiner Dotara den Palast. Immer schneller wurden seine Schritte, schon stand er auf dem kleinen Platz des Handwerkerviertels und fing an zu spielen. Es dauerte nicht lange und er war umringt von Frauen und Kindern. Selbst einige alte Männer folgten den Klängen der Dotara. Man warf ihm sogar einige Münzen zu, das machte ihn zuversichtlich. Dann sah er sie, doch nicht weiß gewandet, nein, in einem leuchtend roten Sari, wie eine Braut! Ihr Haar war geschmückt mit Jasminblüten und ihr Nasenring glitzerte in der Sonne. Er hatte nur Augen für sie und der Klang ihrer Fußglöckchen ließ sein Herz höher schlagen.

Dann sang er – er wusste nicht wie die Worte über seine Lippen kamen:

„Du schöne Komola, komm, tanz für mich, ich aber spiel´ für dich auf meiner Dotara!
Du schöne Komola, wenn deine Fußglöckchen erklingen mit ihrem ring chin, ring chin, spiel ich für dich.
Dein Sari leuchtet in der Sonne. Komm, tanz für mich, du schöne Komola! Ich spiel für dich auf meiner Dotara.
Dein Nasenring glitzert und schwingt hin und her zu meiner Freude, du schöne Komola.

Du gehst von Haus zu Haus in deinem leuchtenden Sari.
Du tanzt für mich, ich spiel´ für dich, du schöne Komola!
Du gehst auf der regenüberfluteten Straße mit deinem monsundurchtränkten Sari, du schöne Komola. Auch mein Hemd ist nass geworden!“

Was nach diesem Tanz geschehen sein mag, ist wieder eine ganz andere Geschichte.

Inspiriert durch ein altes, bengalisches Volkslied

Das Kürbisgericht der Dämonin Rukhmini

Als der mächtige Gott Shiva und die Muttergöttin Durga die Welt von den Dämonen befreiten, hatten sie die kleine und sehr schöne Dämonin Rukhmini vergessen zu zerstören. So klein und unbedeutend diese Dämonin auch war, so war sie doch klug und erfindungsreich.

Als Shiva und Durga an ihr göttliches Großreinemachen gingen, versteckte sich Rukhmini in einem Kürbisfeld. Sie machte sich so klein, dass sie hinter dem größten Kürbis nicht zu sehen war. So wurde sie nicht vernichtet, aber auch nicht verschont, denn die kosmischen Strahlen zerstörten die bösen Kräfte und die kalte Schönheit der Dämonin. – Nun, ein bisschen Zauberkraft blieb erhalten, wenn es auch nicht mehr dazu reichte den Menschen zu schaden. Doch ihre Schönheit war dahin, sie sah nun aus wie ein altes, verhutzeltes, mit Warzen übersätes Weiblein und ihre Nase hatte die Form eines Kürbisses angenommen. Mit ihren verbliebenen Kräften konnte sie überall, wo sie wollte, ein bengalisches Feuer entzünden oder irgendwelche Körperteile der Menschen zum Leuchten bringen – wie ein Leuchtkäfer in der Nacht.

Als sie nun in diesem Kürbisfeld wieder zu sich kam, wusste sie nicht, was sie tun noch wo sie hingehen sollte. Das Kürbisfeld, in dem sie sich versteckt hatte, lag direkt am Ufer des heiligen Flusses Ganges. So nahm sie ein Bad darin. Man konnte ja nie wissen wozu es gut sein konnte, so ein heiliges Bad! Als sie ihr Spiegelbild im Wasser erblickte, erschrak sie fürchterlich: „Wo ist all meine Schönheit geblieben? So kann ich nicht mehr unter die Leute mit dieser Kürbisnase. Am besten wird sein, ich bleibe gleich hier und baue mir eine Hütte am Rande des Feldes." Mit ein bisschen Hokuspokus gelang es ihr sich in kürzester Zeit eine Hütte zu bauen. Als es Abend wurde, bekam sie schrecklichen Hunger. Vor ihrer Verwandlung hatte sie stets riesigen Appetit auf

Menschenfleisch oder „heilige Kühe“ gehabt, aber jetzt, wie sonderbar, gelüstete es sie nach Gemüse, Reis und Linsen. Sie versuchte sich eine Mahlzeit zu zaubern, aber vergeblich, es gelang ihr nicht. Nun musste sie also kochen wie die Menschen – doch welch eine Enttäuschung: Sie war eine schauderhafte Köchin! Alles, was aus ihrem Kochtopf kam, schmeckte einfach fürchterlich. Das ging tagelang so. Außerdem war es mühsam sich Lebensmittel zu beschaffen. Sie hatte zwar immer genügend Geld in ihrer Hütte, doch die Händler im nahegelegenen Dorf wollten ihr nichts verkaufen. Nur wenn sie ihre „Leucht-Tricks“ einsetzte, verkaufte man ihr etwas. Dem Reishändler ließ sie die Ohren glühen, dass diese noch stundenlang leuchteten wie eine Lampe. Dem Gemüsehändler glühten die Finger, so dass sein Gemüse zu kochen anfing, wenn er es anfasste. Auf diese Weise verschaffte sie sich Respekt! Sobald nun die Kürbisse reif wurden, nahm sie sich einfach einen vom Feld und kochte ihn. Als sie sich ans Essen machte, war sie so erstaunt, dass ihr das Kürbisgericht gelungen war. Es schmeckte köstlich, einfach göttlich! Sie war darüber so glücklich, dass sie tanzte und sang und nach Herzenslust bengalisches Feuer über jedem Kürbis entfachte. Da man im Dorf das Feuerwerksspektakel Rukhminis sehen und hören konnte, eilten alle zu Rukhminis Hütte. Keiner wusste so recht, ob man sich ergötzen sollte an Rukhminis Tänzen, Gesängen und dem bengalischen Feuer oder ob man Angst haben musste! Als Rukhmini die vielen Menschen sah, kochte sie die ganzen Kürbisse des Feldes und bewirtete die Dörfler. Noch nie hatten sie so etwas Schmackhaftes gegessen. Jeder dachte, es handle sich um ein Kürbisgöttergericht. Während die Menschen aus dem Dorf mit Lust das Kürbisgemüse aßen und Rukhmini immer weiter in ihrem Topf rührte und jedem Nachschlag gab, soviel er wollte, verschwand eine Falte nach der anderen aus ihrem hässlichen Gesicht, auch die Kürbisnase fiel zu Boden. Aus der hässlichen Alten wurde eine ganz freundlich aussehende Frau. Keiner fürchtete sich mehr vor ihr. Seit diesem Tag wurde sie von den Dorfbewohnern bekocht und versorgt. Einmal jedoch im Jahr, zur Kürbisernte, bekochte und verwöhnte sie das ganze Dorf.

Man tanzte und sang mit ihr gemeinsam ihre Tänze und Kürbislieder. Wenn es Nacht wurde, entfachte sie ein Feuerwerk, so schön und bunt, wie es an keinem Königshof in ganz Indien zu sehen war. Das Kürbisfest von Rukhmini erfreut seither alle Bauern und Dorfbewohner am heiligen Fluss Ganges.

Das bengalische Rätsel

Im fernen Rajputana am Rande der Wüste Thar lebte einst ein reicher Kaufmann mit Namen Kuldip Agarwal mit seiner Frau Kishan und ihren sieben Kindern. Kuldip Das war der stolze Besitzer einer riesigen Kamelherde. Diese lagerte an der unerschöpflichen Quelle der Oase Kuri, dem letzten Vorposten der unendlichen Sandwüste. Täglich zogen große und kleinere Karawanen beladen mit den Schätzen des Orients und Asiens nach Kuri, um ihre Tiere ein letztes Mal zu tränken, bevor sie in das unendliche Sandmeer aufbrachen. Oder die Karawanen, die auf der Heimreise waren und bereits die unendlichen Weiten der Wüste hinter sich gelassen hatten, erholten sich einige Tage in Kuri, bevor sie gen Süden, Norden oder Osten weiterzogen.

Der Kamelhändler und Kaufmann Kuldip Agarwal wurde von Jahr zu Jahr reicher durch den Viehhandel, den er mit den durchziehenden Karawanen betrieb. Fast alle Händler benötigten frische, ausgeruhte Kamele, denn die Fremden, die oftmals aus dem fernen China kamen, mussten vor der letzten Etappe ihren Bedarf an Kamelen auffrischen, bevor sie an ihrem Ziel, dem fernen persischen Reich, ankamen. So gelangte Kuldip Agarwal zu seinem unermesslichen Reichtum. Längst hatte er den Maharawal von Jaiselmer an Reichtum überflügelt. Kuldip Agarwal hatte die Erlaubnis seines Herrschers erhalten, sich einen Stadtpalast, einen der schönsten Havelis, in Jaiselmer zu bauen, ein Kunstwerk aus Sandstein und edlen Hölzern. Sein ältester Sohn lebte dort mit der ganzen Familie und vermehrte durch Seiden- und Edelsteinhandel das Vermögen und Ansehen der Kaufmannssippe Agarwal. Nur das Nesthäkchen Momita, die jüngste Tochter des Kaufmannes, lebte mit ihrem Vater weiterhin in der Oase Kuri. Sie war ein richtiges Nomadenkind, zwar reich gekleidet wie eine Prinzessin, doch frei und übermütig wie ein Wüstenfüchslein. Da ihr Vater sich nur sporadisch um ihre Erziehung kümmerte, genoss sie alle erdenklichen Freiheiten, wie sie kein Mädchen je in Rajputana besessen hatte, während ihre

Schwestern in der Zenana wohl behütet und bewacht von Mutter und Ammen aufwuchsen und ihr Heim nur bei großen Festen in Jaiselmer oder beim täglichen Tempelgang mit der Mutter und den Dienerinnen verließen. So oft schon hatte die Mutter den Vater davor gewarnt, dass Momita nie einen Mann bekommen würde, wenn sie sich in Kuri wie ein alter Kameltreiber an den Lagerfeuern der Karawanen tummelte. Doch Kuldip Agarwal ließ die Bedenken seiner Frau nicht gelten. Insgeheim war er stolz auf seine jüngste Tochter, besonders ihr Wissensdurst imponierte ihm. Sobald eine neue Handelskarawane eintraf, eilte sie mit glühenden Wangen dem Vater entgegen, um ihm die sonderbaren Neuigkeiten, die die Reisenden aus fernen Ländern erzählten, mitzuteilen. Am Abend saßen beide, Vater und Tochter, an den Herdfeuern und lauschten den Erzählungen der Gewürzhändler aus Südindien oder der Seidenhändler aus dem fernen China. Besonders Rätsel hatten es der kleinen Momita angetan. Je älter sie wurde, desto wissbegieriger wurde sie. Oft dachte der Vater: „Wenn sie ein Junge wäre, hätte ich sie schon längst auf eine der vedischen Schulen nach Südindien gebracht!“ Doch als Mädchen blieb Momita dieses Wissen vorenthalten, auch die Kunst des Schreibens und Lesens blieb ihr verschlossen. Doch Momita kümmerte dies wenig. Wie ein Schwamm sog sie alle Erzählungen und Reiseberichte der fremden Händler auf. Die meisten Rätsel, die man ihr stellte, löste sie im Handumdrehen. Überhaupt die Rätsel hatten es ihr angetan, ja es war zu einer Leidenschaft geworden, wie der Vater stets anmerkte. Momita war immer auf der Suche nach neuen Rätseln. Oft handelten die Rätsel von sonderbaren Tieren aus fernen Ländern. Doch manch ein Rätsel konnte sie nicht lösen, zu wunderlich waren die Fragen der Kaufleute. So erzählte ein hellhäutiger Farenghi, ein Nordmann mit Augen einer Katze, von einem Löwen, der keine Mähne hat, auch nicht in der Savanne lebt, sondern einen riesigen Schnurrbart trägt und im Nordmeer zu Hause ist und deshalb Seelöwe genannt wird! Manchmal versprachen sie Momita ein Geschenk aus fernen Landen, wenn sie das Rätsel bei der Rückreise des Rätselstellers lösen konnte. So hatte ein Kaufmann aus dem fernen Venezien ihr einen kostbaren Glasflacon geschenkt, als er wieder einmal mit seiner kostbaren Ware an den Kaiserhof nach Delhi zog. Doch viel konnte Momita mit ihren 10 Jahren mit solch einem gläsernen kleinen Kunstwerk in der Wüste nichts anfangen. Ihre Schwestern waren allerdings über diese kleine Kostbarkeit überglücklich, als sie ihnen diese beim jährlichen Holifest in Jaiselmer überreichte.

Seit einigen Wochen war keine Karawane mehr durch Kuri gezogen – keine Fremden, keine Rätsel! Momita langweilte sich unsäglich. Auch ihr Vater hatte nun mehr Zeit, sodass er täglich mit ihr in die Wüste ritt. Auf ihren langen Ausritten sprach der Vater oft über seine geliebten Kamele und die wertvollen Waren der fremden Händler. Dies vertrieb ihr ein bisschen die Langeweile. Manchmal spielte sie auch mit den Kindern der Kameltreiber oder den Zigeunerkindern, deren Clan am Rande der Oase lagerte. Zum Glück wusste ihre Mutter nichts von ihren Spielkameraden. Sie hätte es ihr strikt verboten mit Kindern aus niedrigen Kasten oder gar Kastenlosen, wie den Wüstenzigeunern, zu spielen. Die Mutter nahm es sehr genau mit dem Einhalten der Kastenpflichten; nie hätte sie es erlaubt, dass sich Momita mit ihnen im Wüstensand tummelte. Der Vater war nicht so pingelig in solchen Angelegenheiten, Hauptsache seine geliebten Kamele waren gesund. Vertieft in die undurchdringliche und unverständliche Gedankenwelt der Erwachsenen hörte sie wie von ferne das Gebimmel der Kamelglöckchen einer heranziehenden Karawane. Nach endlosen Wochen der Langeweile kamen wieder fremde Kaufleute nach Kuri. Vater und Tochter waren voll freudiger Erwartung. Der Vater hoffte auf den Verkauf einiger starker Lasttiere und Reitkamele, die Tochter auf ein neues Rätsel. Unter den Händlern der neu eingetroffenen Karawane war auch ein älterer Kaufmann und Stoffhändler aus dem Königreich Bengalen. Er bot Kuldip Agarwal den herrlichsten Musselin, so zart und leicht wie Schäfchenwolken an. Man wurde sich schnell handelseinig. Für etliche Ballen dieses zarten Gewebes in überirdischen Farbtönen des Himmels, vom zartesten Blassblau bis zum nebelfarbenen Weiß, bekam der Bengale zwei herrliche Reittiere, die ihn ins persische Reich tragen würden. Kaum war der Handel perfekt zupfte Momita ungeduldig den bengalischen Händler an seinem Dhoti: „Habt Ihr mir ein Rätsel aus Eurem Lande mitgebracht?“ Lächelnd strich der Bengale Momita über das Haupt und gab vor angestrengt nachzudenken: „So höre, kleine Wüstenblume! Wie wäre es mit einem leichten Kinderrätsel aus dem Königreich Bengalen?“ Momita lachte lauthals über die Unwissenheit des bengalischen Kaufmannes: „Verehrter Herr aus dem fernen Bengalen, ich bin zwar nur ein Kind, aber Kinderrätsel löse ich im Schlaf!“ Der Bengale wackelte mit dem Kopf, runzelte die Stirn und gab wieder vor angestrengt nachzudenken. Dies schien eine Marotte von ihm zu sein! Momitas Vater blickte stolz auf seine Tochter herab und gab dem bengalischen Musselinhändler zu verstehen, dass seine Tochter eine kleine Meisterin im Lösen von Rätseln sei. „Nun gut, mein verehrter Kuldip Agarwal und du, kleine Wüstenblume Momita, so hört mein Rätsel: Auf einem Baum wächst eine Frucht, auf deren Haupt wächst ein weiterer Baum!“ Vater und Tochter sahen sich fragend an. War der Kaufmann aus Bengalen etwa von Sinnen? Das war völlig ausgeschlossen, das gab es nicht! Wie sollte eine Frucht einen Baum tragen!? Kuldip Agarwal sah den Bengalen ungläubig an: „Wie kann so etwas möglich sein, verehrter Fremder? Das nennt Ihr ein leichtes Kinderrätsel?“ Der Bengale schmunzelte und meinte: „Nun sicherlich gibt es so etwas nicht in der Wüste Rajputanas, aber in Bengalen wächst dieser sonderbare Baum allerorten und es ist kein seltenes Gewächs. Wenn Eure Tochter das Rätsel bis zum Nachtmahl lösen kann, werde ich Euch einen Ballen Dhaka Musselin von bester Qualität überlassen!“ Kuldip Agarwal überlegte nicht lange. Das wäre ein großer Gewinn! Dieser Musselin war heiß begehrt in den Frauengemächern der Maharadjas in Rajputana. „Das ist ein Wort, sicher wird meine Tochter die Lösung des Rätsels finden! Nun, wenn nicht, bekommt Ihr eines meiner besten Lastkamele.“ Der Bengale schlug ein, Momita aber verkroch sich in ihr Nomadenzelt und grübelte und grübelte. Jede Frucht, die sie schon gesehen, gerochen oder gegessen hatte, purzelte in ihrem Kopf hin und her. Doch keine der Früchte trug einen Baum! Dieses Königreich Bengalen musste ein sonderbares Land sein. Bis zum heutigen Tag hatte sie fast jedes Rätsel gelöst. Momita wurde sehr traurig und dachte: „Wenn ich das Rätsel nicht lösen kann, möchte ich wenigstens diese Frucht sehen, die einen Baum auf ihrem Haupte trägt. Noch besser wäre es, solch eine Frucht zu essen." Es half alles nichts, je mehr sie darüber nachsann, desto sicherer wusste sie, dass sie dieses Rätsel nicht lösen konnte.

Die Sonne war schon hinter den Dünen von Kuri untergegangen. Es wurde empfindlich kalt, die Reisenden der Karawane rückten zusammen und wärmten sich an dem großen Lagerfeuer. Kuldip Agarwal lud die Fremden zu einem Mahl ein. Vor dem Küchenzelt seiner Karawanserei herrschte rege Betriebsamkeit. Die Mägde buken Chapattis, ein Diener drehte einen Hammel am Spieß über dem Herdfeuer. Es roch köstlich und die Gäste freuten sich auf ein üppiges Mahl. Auch Momita wurde zum Nachtmahl gerufen. Sie ging ganz verzagt auf den bengalischen Händler zu und gestand: „Ich kann Euer Rätsel nicht lösen!" Der Kaufmann nickte nur freundlich und zog einen kleinen Lederbeutel aus seinem Gepäck, öffnete ihn und nahm einen mit einem feuchten Baumwolltuch umwickelten Gegenstand heraus: „Komm näher ans Feuer, kleine Wüstenblume, kommt auch Ihr, verehrter Kuldip Agarwal, und seht!" Aus dem Tuch befreite er eine sonderbar aussehende Frucht, die auf ihrem Haupte Blätter trug, die tatsächlich wie ein kleiner Baum aussahen! „Das ist eine Frucht aus Bengalen, eine Anarosch! In Eurer Sprache nennt man sie Ananas." Er nahm ein Messer aus seinem Ledersack, entfernte den kleinen Baum auf der Frucht, teilte die Ananas in zwei Hälften, befreite das Fruchtfleisch aus der schuppigen Schale und bot Vater und Tochter die saftigen Fruchthälften an. Beide kosteten erst zaghaft, aber schon nach dem zweiten Bissen lobten sie die herrliche Frucht und verzehrten diese mit großem Genuss.

Am nächsten Morgen verließ die Karawane die Oase Kuri. Der bengalische Kaufmann winkte überschwänglich Momita und ihrem Vater zum Abschied. Er hätte nie gedacht, dass ein bengalisches Kinderrätsel ihm ein prächtiges Kamel bescheren würde!

Inspiriert durch ein bengalisches Kinderrätsel

Der Kichererbse sei Dank!

Ramesh und sein Vater Gopal Das waren auf der Pilgerreise nach Benares am heiligen Flusse Ganges. Die Familie Das betrieb einen kleinen Krämerladen im Süden von Gujerat, es war also ein weiter Weg nach Benares. Die Pilgerstraße führte immer in Richtung Nordosten – viele Wochen würden sie zu Fuß unterwegs sein.
Auch der Schneider des Ortes und sein Sohn Vikram waren unter den Pilgern. Der reiche Kaufmann Oshim hatte seine gesamte Familie auf einen buntgeschmückten Ochsenkarren geladen, gepolstert mit vielen Decken und Kissen, damit die Frauen seiner Familie es bequem hatten. Selbst ein Sonnendach war über den Karren gespannt worden und die Ochsen hatte man mit Glöckchen und Blütengirlanden geschmückt. Der Sohn des reichen Kaufmannes, mit Namen Deshantar, ritt gar hoch zu Ross neben dem Wagen der Frauen her. Der Schneider schüttelte jedes Mal missbilligend den Kopf, wenn er in Deshantars Richtung blickte, wie er stolz auf seiner weißen Stute saß. Seiner Meinung nach hatte ein Pilger zu Fuß zu gehen, mit einem Wanderstab in der Hand und einfach gekleidet in ein baumwollenes Pilgertuch, nicht herausgeputzt wie ein Bräutigam. Ein anderer Pilger aus dem Dorf fürchtete gar, dass der zur Schau gestellte Reichtum der Kaufmannsfamilie Diebe und Räuber anlocken würde. Doch man hatte nichts dagegen vom Kaufmann abends eingeladen zu werden und an seiner reich gedeckten Tafel Platz zu nehmen. Die Frau und die Töchter des Kaufmannes kochten leckere Gemüsegerichte mit Reis und jeden Abend ein anderes Hülsengericht.

Nun waren sie schon zwei Wochen unterwegs und langsam gingen auch der reichen Kaufmannsfamilie die frischen Vorräte aus. Nun gab es auch bei ihnen nur noch Reis und Hülsenfrüchte. Ramesh und sein Vater aßen schon den dritten Abend das Gleiche – Reis und Kichererbsen, Kichererbsen und Reis, Reis und Kichererbsen: Das würde wohl bis Benares so gehen, wollten sie nicht in einer Herberge Rast machen.

Obwohl Vater und Sohn sehr bescheiden waren, vermissten sie doch die Kochkünste von Rameshs Mutter. Bei ihr schmeckten die Kichererbsen einfach besser. So saßen die beiden mit dem Schneider und dessen Sohn Vikram um das gemeinsame Lagerfeuer, fingerten lustlos in ihrem Essen herum und hingen ihren Gedanken nach. Plötzlich vernahmen sie Hilferufe und einen schrecklichen Lärm aus der Richtung des Lagerplatzes des reichen Kaufmannes. Schnell eilten sie zu Hilfe. Der Ochsenkarren war umgestoßen, alles lag verstreut auf dem Boden. Deshantar, der Kaufmann und seine Diener kämpften gegen eine Rotte von wüst aussehenden Räubern. Diese prügelten mit Stöcken auf die unterlegene Kaufmannssippe ein. Zwei der Diebe rafften alles zusammen, was ihnen wertvoll erschien. Einer der beiden Schufte riss den Mädchen ihre goldenen Ohrgehänge von den Ohrläppchen, so dass diese bluteten. Zu guter Letzt fegten sie den Mädchen ihre seidenen Schleier vom Kopf. Die Mädchen schrieen wie wild vor Angst und zitterten erbärmlich. Nur die kleine Lakshmi, ein frecher Wildfang, geriet so in Wut darüber, als der Räuber ihren schönen Schleier greifen wollte, dass sie ihn mit voller Kraft in die Hand biss, dass diese blutete. Er fluchte und schlug der Kleinen ins Gesicht, so dass sie auf die Erde fiel. Dann machte er sich mit seiner Beute aus dem Staub. Der Räuberhauptmann riss das Pferd des Kaufmannssohnes los und ritt seinen Leuten hinterher.
Als der Spuk endlich vorbei war und die Frauen sich wieder beruhigt hatten, meinte der Schneider: „Wir müssen froh sein, dass sie uns nicht alle umgebracht haben. Lasst uns der Göttin Parvati danken!“ Doch der Kaufmannssohn Deshantar wollte nichts davon hören, jammerte und lamentierte, dass er nun zu Fuß ohne sein Pferd weiterreisen müsse. Da geriet sein Vater so in Zorn, dass er ihn außer sich voller Wut anbrüllte: „Du Undankbarer, ist dir dein Leben nicht genug!? Dann geh doch und hol dein Pferd zurück, du wirst schon sehen, wieweit du kommen wirst!“ Deshantar würdigte seinen Vater keines Blickes, sondern sah Ramesh und Vikram herausfordernd an: „Habt ihr beiden Mut genug, um mir zu helfen mein Pferd zurückzuholen?“ Bevor die

sprachlosen Väter ihre Söhne zurückhalten konnten, waren die drei im Wald verschwunden. Die Väter beruhigten sich selbst und meinten, sie würden bald zurücksein, wenn sie ihr Mütchen gekühlt hätten. Die Angst vor den Räubern würde sie schon zurückbringen. Die drei Jungen folgten indessen mit einer Fackel und Stöcken bewaffnet der Spur der Räuberbande. Nach ein, zwei Stunden sahen sie von ferne Feuerschein und hörten das raue Lachen der Diebe. Die drei löschten schnell ihre Fackel und schlichen sich vorsichtig an das Räuberlager heran. Schon hatte die brave Stute ihren Herrn gewittert und wieherte glücklich, doch zum Unglück der drei Jungen. Man hatte sie sofort entdeckt. Der Räuberhauptmann ließ die dummen mutigen Jungen fesseln und knebeln und an einen Baum binden. Im frühen Morgengrauen zogen die Räuber weiter und ließen ihre Opfer zurück.

Jeder der drei Jungen hatte fürchterliche Angst, man würde sie nicht finden oder eine Schlange könnte sie beißen oder gar ein Tiger könnte sie für sein Frühstück halten. Vor lauter Angst bekam Ramesh Bauchkrämpfe. Immer, wenn er sich vor etwas fürchtete, bekam er diese Krämpfe. Da sie die letzten Tage aber immer nur Kichererbsen gegessen hatten, blieb es nicht nur bei den Bauchkrämpfen. Den anderen beiden stieg ein strenger Geruch in die Nase. Je höher die Sonne stieg, desto intensiver und lauter wurde die Kichererbsensinfonie, die Rameshs Allerwertester so virtuos von sich gab. Vikram dachte: „Vielleicht halten die wilden Tiere das laute Gepupse für Schüsse und sie flüchten vor uns!“ Deshantar dachte: „Wie kann eine Person so stinken! Sicher wird ein Tiger keinen so ekelhaft stinkenden Menschen fressen.“ Nach einer Weile des Nachdenkens vernahmen die drei noch andere Geräusche außer Rahmeshs Darmflöte: Stimmen, die nach ihnen riefen, ganz in der Nähe! Doch sie konnten sich nicht bemerkbar machen, da sie ja geknebelt waren.
Sie hörten den Schneider mit weinerlicher Stimme sagen: „Es wird wohl der Wille der Göttin sein, dass wir unsere Söhne verloren haben, lasst uns weiterziehen!“ Da meldete sich die freche kleine Lakshmi zu

Wort: „Pst, hört ihr das nicht, riecht ihr das nicht? Hier stinkt es fürchterlich!“ Und schon nahm sie wie ein Hündchen die Witterung auf und steuerte der Duftquelle entgegen. Rameshs Bauch entspannte sich und ließ mit aller Kraft eine kanonenmäßig laute Kichererbsenfurzkaskade los. Die Rettung in letzter Not! Nun standen alle Pilger ihres Dorfes vor den drei gefesselten, geknebelten Jungen, zuerst erschrocken, dann verdutzt. Zum Schluss brachen alle in Gelächter aus. Die Väter banden ihre Söhne los, die Mädchen kicherten verschämt. Die Mutter des Kaufmannssohns weinte vor Glück und schloss ihren Sohn Deshantar in die Arme. Lakshmi aber klatschte in die Hände, wirbelte um die drei herum und rief immer wieder: „Der Kichererbse sei Dank und ihrem Gestank! Sei Dank, sei Dank!!!”

Der göttliche Joghurtdieb Krisna

Viele Geschichten und Legenden gibt es vom blauhäutigen, flötespielenden Gott Krisna zu erzählen. Viele davon handeln von seiner Vorliebe für Joghurt, Sahne und Butter.

Als Krisna noch ein kleiner Junge war, versteckte er sich oft im Küchenhof seiner Mutter, um von der ganzen Dienerschaft gesucht zu werden. Das war eines seiner Lieblingsspiele. Obwohl seine Mutter Jasoda die Königin von Brindhaban war, ließ sie es sich nicht nehmen für ihren Mann, den König von Brindhaban, und ihren Sohn Krisna selbst Joghurt zuzubereiten. Sobald die Milch gekocht war und alle Vorbereitungen getroffen waren, stellte sie die Tonschalen mit der Milch im Hof in die Sonne. Krisna beobachtete dies in seinem Versteck. Er schlich sich immer wieder zu den Tontöpfen, um zu sehen, ob der Joghurt schon fertig wäre. Natürlich konnte es Krisna nicht abwarten, bis die Sonne ihr Werk getan hatte und der Joghurt fest war. Schnell machte er sich über den Topf her, schöpfte mit seiner rechten Hand soviel süße Milch wie in sein kleines Patschhändchen passte und schlürfte genüsslich seine Lieblingsspeise. Sein kleines blaues Gesichtchen war ganz verschmiert, die königlichen Gewänder waren ruiniert. Zum Schluss stülpte er sich fast den Topf über den Kopf, um den allerletzten Tropfen auszuschlecken. Er war so vertieft in sein Schlecken und Schmatzen, dass er seine Mutter nicht kommen hörte. Umso mehr war er erschrocken, als er plötzlich an den Ohren gezogen wurde. Seine Mutter Jasoda war wirklich böse mit ihm. So oft hatte sie ihm schon gesagt, dass er warten müsse, bis die Milch fest war und sich durch die Kraft der Sonne in Joghurt verwandelt hatte. Aber Geduld war nicht Krisnas Stärke. Als Krisna nun ertappt von seiner Mutter vor ihr stand und eine reumütige Schnute zog, konnte sie nicht lange mit ihm böse sein. Sie sagte: „Geh' in den Garten und spiele auf deiner Flöte“, und wischte ihm mit ihrem Sarizipfel das verschmierte Mäulchen ab. Krisna befolgte die Bitte seiner Mutter, setzte sich unter einen Baum und

spielte auf seiner Bambusflöte, dass die Tiere des Waldes kamen und seinem zauberhaften Flötenspiel lauschten, als seien sie zahme Kühe. Vom Genuss der süßen Milch wurde er müde und schlief ein. Als die Mutter ihn um die Mittagszeit suchte – denn das Mittagessen war schon fertig – fand sie ihn in friedlichem Schlummer. Sie wollte ihn sachte wecken, sah dabei in seinen halbgeöffneten Mund und erblickte die Zukunft darin. Was sie sah, machte sie stolz. Wie er mit dem vielköpfigen Seeungeheuer kämpfte und die Menschheit davon befreite! Überall, wo er hinkam, schlichtete er Streit und brachte den Menschen Frieden. Sein ganzes zukünftiges Leben erblickte sie. Doch immer wieder entstanden Bilder vor ihrem Auge, die Krisna als schelmischen Joghurtdieb zeigten:
Wie er als jugendlicher Anführer seiner Freunde nachts heimlich in die Palastküche eindrang und dort mit seinen Kumpanen im Dunkeln nach den Joghurttöpfen suchte, den einen oder anderen leer aß, aber die meisten Töpfe in Scherben gingen in der nächtlichen Dunkelheit. Wie er als hübscher junger Mann die Milchmädchen von Matura mit seinem Flötenspiel verzauberte, um ihnen dann heimlich ihre Joghurttöpfe zu stehlen, die sie eigentlich auf dem Markt von Brindhaban verkaufen wollten. Für die Gläubigen Indiens würde Krisna stets der blauhäutige, flötespielende Liebesgott Krisna sein, doch für seine Mutter Jasoda würde er immer – zwar ein göttlicher – dennoch ein schelmischer, spitzbübischer Joghurtdieb bleiben!

Nacherzählt von P. F. Schürrle-Sharkar

Wie der Elefantengott Ganesha zu seinem Elefantenkopf kam

Vor langer, langer Zeit, als die Götter noch die Geschicke des Kosmos lenkten, bekamen der Gott Shiva, der der Legende nach das Universum mit seinem kosmischen Tanz erschuf, und seine Gemahlin Parvati einen Sohn.

Shiva, der wie die meisten Männer kaum häuslich war, zog es wieder einmal hinaus ins Universum, um nach dem Rechten zu sehen. So ein Gott hat schließlich mannigfaltige Aufgaben: die Menschheit von Dämonen befreien, die Naturgewalten in Schach halten – was Götter eben so tun.

Man kann sich vorstellen, dass die Götter in anderen Dimensionen denken und fühlen. Und wenn sie auf Reisen sind, sind sie nicht Tage oder Wochen oder Jahre von zu Hause weg, sondern gleich Jahrhunderte oder Jahrtausende. Als nun Shiva sich wieder einmal auf die Reise machte, um sich mit seinem hochgeschätzten Kollegen Vishnu und seinem verehrten Chef Bhrama zur großen Trinitätssitzung zu treffen, ließ er seine geliebte Frau Parvati und das kleine Kind zurück. Parvati ermahnte ihn noch bald wiederzukommen, denn der kleine Junge bräuchte noch einen Namen und alleine wollte sie keine solch wichtige Entscheidung treffen. Es vergingen ein paar hundert Jahre, vielleicht auch tausend, bis er sich auf die Heimreise begab. Aus dem kleinen Jungen, der immer noch keinen Namen hatte, war ein junger Mann geworden, der seiner Mutter nur Freude bereitete. War er doch so gutmütig, treuherzig, nun manchmal vielleicht ein bisschen tollpatschig einfach ein liebenswerter Jüngling.

Zwar war Parvati eine Göttin, dazu noch die mächtigste unter den Göttinnen im Pantheon des Götterhimmels, doch sie blieb stets eine

Frau. Nun hatte sie ein paar hundert Jahre, vielleicht auch tausend, genügend Nachsicht mit ihrem göttlichen Gatten geübt, sprich, sie hatte die Nase gestrichen voll! Ihrer Meinung nach war es Zeit, dass ihr Gatte Shiva zurückkehrte. Mit all ihrer unermesslichen Willenskraft pflanzte sie ein Sehnen und Verlangen in das Herz Shivas, denn Parvati dachte, es sei Zeit, dass der Junge endlich einen Namen bekam. Selbst die Menschen auf der Erde hatten Namen, auch wenn sie noch so unbedeutend waren, und außerdem war die Zeit gekommen den fehlenden göttlichen Nachwuchs in die Welt zu setzen. Nun, Shiva war auf der Heimreise, das fühlte Parvati von ganzem Herzen. Sie schickte Boten in alle Himmelsrichtungen und lud alle Götter zu einem großen Fest ein, um Shiva zu ehren. Wie es sich für eine indische Frau und Göttin gehört, wollte sie sich für Shiva schmücken und ihre schönsten Gewänder anlegen. Der Palast war bereits voller göttlicher Gäste. Wie jede Frau, die mehr als nur ein Kleid besitzt, stand sie nun ratlos vor ihrer Kleidertruhe. Sie rief ihren Sohn und erbat seinen Rat, doch eine große Hilfe war er nicht. So wies sie ihn an vor ihrer Ankleidekammer Wache zu halten, damit niemand sie stören konnte. Sie befahl ihm: „Lass niemanden die Schwelle meiner Türe überschreiten!" Sogleich setzte sich ihr Sohn vor die Türe und verzehrte in aller Seelenruhe körbeweise Süßigkeiten, während seine Mutter sich für ihren Mann Shiva schmückte und ankleidete.

Mit Riesenschritten und in Windeseile näherte sich Shiva seinem Palast. Sein Herz war voll Sehnsucht und Verlangen seine Gemahlin Parvati nach so langer Zeit in die Arme zu schließen. Er stürmte in den Palast, hatte weder Auge noch Ohr für die vielen Götter, die sein Haus bevölkerten und ihn begrüßen wollten. Er riss alle Türen und Tore auf – wo war Parvati? Er gelangte zur letzten Tür, Parvatis Ankleidekammer. Da versperrte ihm doch tatsächlich ein junger, rundlicher, hübscher Mann den Weg. Ihm, Gott Shiva, dem Gott des kosmischen Tanzes und der Zerstörung verwehrte man den Zugang zu seiner göttlichen Gemahlin!

Da er Hunderte von Jahren nicht mehr zu Hause gewesen war, wusste er nicht, dass es sich bei diesem jungen Mann um seinen Sohn handelte.
Er geriet über die Unerschrockenheit, mit der man ihm den Zutritt verwehrte, so in Wut, dass er seine Streitaxt zog und mit einem Schlag das Haupt seines Sohnes vom Rumpf trennte. Der Kopf seines Sohnes rollte mit Donnergrollen zu Boden. Blutfontänen sprudelten aus dem versehrten Körper. Parvati, erschrocken ob dieses Getöses, stieß die Türe auf und sah ihren geliebten Sohn ohne Kopf in seinem Blute, daneben den wütenden Shiva!
Parvati geriet in unglaubliche Wut. Ihre weibliche Urkraft und göttliche Rage hätten die ganze Welt vernichtet, wären nicht alle Götter herbeigeeilt, um das Schlimmste zu verhindern. Blitzartig erfasste Shiva die Situation! Es fiel ihm wie Schuppen von den Augen: Dieser junge Mann war sein Sohn, der Sohn ohne Namen! Seine Reue war so unermesslich, dass das Blut seines Sohnes aufhörte zu sprudeln. Er versuchte Parvati, die ihn mit glühenden Augen durchbohrte, zu erreichen in ihrer Raserei: „Beruhige dich geliebte Frau und Göttin! Das erste Wesen, das mir begegnet, wenn ich den Palast verlasse, wird mit Freuden seinen Kopf unserem Sohn geben!" Das erste Lebewesen, dem Shiva begegnete, war ein Elefant. Wieder schwang Shiva seine Streitaxt und trennte mit einem Hieb den Kopf des Elefanten von dessen massigem Leib. Eilenden Schrittes mit dem Kopf des Elefanten unter dem Arm erreichte er den Palast. Schwungvoll setzte er den Elefantenkopf auf den Rumpf seines Sohnes. Der Sohn wiegte seinen Kopf hin und her und lächelte seinen Vater Shiva und seine Mutter Parvati an. Shiva und Parvati fielen sich lachend und glücklich in die Arme und der Hausfrieden war wieder hergestellt. Parvati lächelte ihren Sohn an, strich ihm liebevoll über den Rüssel und flüsterte ihm in sein Elefantenohr: „G A N E S H A!" Laut und fröhlich trompetete der Göttersohn seinen Namen in die Welt und alle Gäste beglückwünschten die Eltern zu diesem vortrefflichen Namen. Parvati war glücklich und meinte verschmitzt: „Nun, dieser Kopf passt wirklich zu deiner Gutmütigkeit

und deiner liebenswerten Tollpatschigkeit, mein Sohn Ganesha!“ Shiva fügte hinzu: „Mit deinem Rüssel kannst du in Zukunft alles Unheil, das den menschlichen Wesen begegnet, zur Seite schieben!“ Sprach´s ...und so geschieht es noch heute. Und wie man mit Sicherheit weiß, machten sich Shiva und Parvati an die Arbeit, um den Götterhimmel weiter zu bevölkern.

Doch keines ihrer göttlichen Kinder wird von den Menschen so sehr geliebt wie Ganesha. Begegnet man einem Elefanten in Indien, denkt man sofort an diese Geschichte und der Elefant grüßt einen mit einem verschmitzten Lächeln und winkt mit seinem Rüssel.

Nacherzählung und Interpretation der mythologischen Ganesha-Werdung

Eine Rose für Chanum Djan

Chanum Djan saß wie jeden Abend im hell erleuchteten Festsaal des Bajaderenpalastes ihrer Mutter Bismillah Djan. Chanum sang wie jeden Abend zur Begrüßung der Gäste ein kurzes Thumri. Sie sang von Liebe, Sehnsucht, Leid und Weltenschmerz – für sie selbst nichts als leere Phrasen, die sie schon hunderte Male gesungen hatte. Die Kunst dieses Gesangs war nicht das Beherrschen der Stimme allein, nein das konnte jede gute Sängerin. Es galt viel mehr die Illusion bei den edlen Gästen zu erwecken, dass es diese Gefühle wirklich gab. Als kleines Mädchen hatte sie einmal während des Gesangsunterrichtes ihren Meister gefragt, ob es sich bei dieser Liebe und Sehnsucht um Süßigkeiten handeln würde, denn als Kind war sie eine unersättliche Naschkatze. Doch ihr Gesangsmeister hatte sie nur streng angesehen und verbat sich jegliche Unterbrechung. Nach dem Unterricht hatte sie ihre Bua Hassia, ihre liebe Amme, danach gefragt. Diese hatte ihr ausweichend geantwortet, dass es sich dabei um eine schlimme Krankheit handele, an denen meist die edlen Herren erkrankten. Nur in ganz seltenen Fällen würde diese Krankheit auch Bajaderen heimsuchen. In ihren Gedanken nannte sie diese Lieder die Krankheitslieder. Das lag allerdings schon sehr lange zurück, beinahe hätte sie gelacht über ihre kindliche Dummheit. Ganz in Gedanken versunken sang sie einen falschen Text. Ihre Mutter Bismillah Djan warf ihr quer durch den Raum wütende Blicke zu. Es entging ihr nichts, was das einträgliche Geschäft mit der Muse hätte verderben können.

Der Abend schien kein Ende mehr zu nehmen. Zum Glück waren die meisten der Bajaderen anwesend und nicht außer Haus verpflichtet, so dass sie an diesem Abend nur Ghaselen und Thumris zu singen hatte. Amina Djan verzauberte die Herren mit ihren schnell folgenden Pirouetten und Posen des höfischen Tanzes. Nargis Djan rezitierte auf Farsi Poesie des persischen Dichters Hafiz. So beobachtete Chanum Djan, versunken in ihre Gedanken die Darbietungen der anderen Frauen

im Saal. Ihre Mutter, die Madji, die Besitzerin der Bajaderen, war in ein Gespräch mit dem Nawwab vertieft. Die älteren Bajaderen saßen etwas abseits, stopften Unmengen von Süßigkeiten in sich hinein oder frönten dem Opiumgenuss. Zuraya Djan saß wie eine riesige Elefantenkuh auf ihrem Sitzpolster, umringt von einer Schar älterer Adliger und reicher Kaufleute. Sie versäumte es nie die hohen Herren mit ihren subtilen Scherzen zu unterhalten. Sie war die einzige der älteren Damen, die sich ihren Lebensunterhalt noch selbst verdienen konnte. Alle anderen alternden Bajaderen betitulierte Bismillah Djan lediglich mit „Unnütze Esser".
„Ob es mir auch einmal im Alter so gehen wird", sinnierte Chanum Djan, als sie plötzlich an der Schulter berührt wurde. Der Nawwab und ihre Mutter standen vor ihr. Sie erhob sich und grüßte den Fürsten mit einer ehrerbietigen Geste. Der Nawwab erging sich in charmanten Komplimenten und rühmte ihre schöne Gesangsstimme:

„Verehrte Chanum Djan! Nach reiflicher Überlegung sind Eure Mutter und ich übereingekommen, dass Ihr die Richtige seid, um meinem Neffen Hassan den letzten gesellschaftlichen Schliff zu geben. Er soll bei Hofe eingeführt werden, bevor seine Familie eine Braut für ihn auswählen wird. Ich fürchte, außer dem Schachspiel besitzt er keine nennenswerten Fähigkeiten, um bei Hofe zu glänzen!"

Das war nicht gerade die Art von Aufgabe, die sie gerne übernahm. Lieber hätte sie dem Gärtner beim Rosenschneiden geholfen, als einem dieser adligen, unnützen Tölpel gute Manieren und Umgangsformen beizubringen!

„Es wird mir eine Ehre sein, Eurer Durchlaucht zu dienen. Ich werde mein bestes tun, um Euch zufriedenzustellen!"

Der Nawwab entfernte sich mit Bismillah Djan in deren Arbeitsräume. Sicher würde ihre Mutter einen hohen Preis aushandeln, doch die

Unannehmlichkeiten würden an ihr hängen bleiben. So war es immer. Man wurde überhaupt nicht gefragt, ob man Lust hatte zu tanzen, zu singen oder zu rezitieren. Selbst das sogenannte Vergnügen war harte Arbeit. Wenn am frühen Nachmittag die jungen adligen Herren mit ihren Kutschen vorfuhren, um die jungen Bajaderen zu den Nachmittagsvergnügungen abzuholen, war es meist nur ein Vergnügen für die Herren. Wie man sich in welcher Situation wie zu verhalten hatte, bestimmte die Madji. Selbst die Art, wie man zu lächeln hatte, nicht laut herauszulachen, wie es Amina Djan gerne tat, wurde von der Madji vorgeschrieben.
Dennoch stellten die Ausfahrten eine gewisse Art von Freiheit dar für die jungen Frauen. Ein Picknick im Grünen, Spaziergänge am Fluss, Besuche auf dem Vogelmarkt waren abwechslungsreiche Unterbrechungen im Bajaderenalltag. Die jungen Herren schlugen zwar des Öfteren über die Stränge, doch nie kam es zu Unschicklichkeiten, denn jede Bajadere wurde von ihrer Anstandsdame, ihrer Dienerin oder Amme, begleitet. Bei diesen Ausfahrten nutze Chanum Djan oft die Gelegenheit, um sich von der munteren Gesellschaft zu entfernen und alleine in der Natur spazieren zu gehen. Dann riss sie sich mutwillig den Schleier vom Kopf und hüpfte wie ein kleines Mädchen umher.

Am darauffolgenden Abend erschien der Nawwab mit seinem Neffen Hassan. Sie wurden sich formell vorgestellt wie bei Hofe. Dann übergab der Nawwab seinen Neffen in ihre Hände, wie er es nannte. Da standen sie sich nun gegenüber. Stumm wie ein Fisch stand er vor ihr, ein ansehnlicher junger Mann, kein Stutzer und Schwätzer wie die meisten der jungen Adligen, die im Hause ihrer Mutter verkehrten. Sein Schweigen irritierte sie. Sonst ergingen sich die jungen Herren in leeren Floskeln und oft plumpen Komplimenten.

Sie wollte gerade das Wort an ihn richten, um das Schweigen nicht peinlich werden zu lassen, doch jede vornehme Redewendung und Höflichkeit waren wie weggeblasen, ihre Zunge schien gelähmt zu sein. Sie erkannte sich selbst nicht mehr. Mit zitternden Händen zupfte sie an ihrem Schleier herum und sah ihn unverwandt an. Endlich richtete er das Wort an sie: „Ihr also seid die hoch gebildete Bajadere Chanum Djan, die mich in höfischem Benehmen unterrichten soll. Ihr werdet Eure Mühe mit mir haben. Außer mit meiner Mutter und meinen Schwestern hatte ich noch nie die Gelegenheit mich im Umgang mit Damen zu üben!“ Endlich hatte sie sich wieder gefangen und erwiderte: „Mein edler Herr, so sollten wir gleich mit dem Unterricht beginnen!“

So erschien er nun jeden Nachmittag, begleitete sie auf ihren Spaziergängen und allen Festivitäten, die eine Bajadere zu besuchen hatte. Nur mit den Umgangsformen war es so eine Sache. Es wollte ihr nicht wirklich gelingen ihm vornehmes Benehmen beizubringen. Er sprach die Dinge stets so aus, wie er diese empfand. Einmal verglich er sie sogar mit seinem Lieblingspferd. Eigentlich eine demütigende Beleidigung für eine Dame. Doch die Art, wie er es sagte, wohl als Kompliment gemeint, brachte sie zum Lachen anstatt sie zu erzürnen. Wie sie selbst genoss er die Spaziergänge am Flussufer, das Rauschen der Bäume und die Stille der Natur. Die Wochen verstrichen wie im Fluge, sie fand immer mehr Gefallen daran in seiner Gesellschaft zu sein. Ja, sie sehnte die Nachmittage herbei. Abend für Abend saß er im Rund ihrer Verehrer und Bewunderer. Wenn sie nun sang, bekamen die Worte eine ganz andere Bedeutung für sie. Langsam schlich er sich in ihre Gedanken ein. Wenn sie sich nach dem Mehfil, der Abendveranstaltung des Bajaderenpalastes, verabschiedeten, empfand sie es wie einen Schmerz und die Zeit bis zum nächsten Nachmittag schien sich ewig in die Länge zu ziehen. Immer mehr nahm dieses Gefühl von ihr Besitz. Sie beteiligte sich kaum noch am täglichen Geschehen. Ihre Amme und Dienerin Bua Hassia sorgte sich sehr um sie: „ Mein Täubchen, jetzt hat dich die schreckliche Krankheit, die Liebe, erfasst! Sie kam heimlich und schleichend. Du wirst keine Genesung finden, denn für eine Bajadere wird es immer eine unerfüllte Liebe bleiben!“ Ihr Verstand gab der Bua Recht, doch das Gefühl widersprach der Vernunft.

Insgeheim fürchtete sie den Tag, wenn der Nawwab die Vermählung von Hassan bekanntgeben würde. Hassan hatte es nie ausgesprochen, er hatte auch nie von Liebe zu ihr gesprochen, wie es die jungen Herren stets taten. Weder Geschmeide noch kostbare Geschenke hatte er ihr nach ihren Darbietungen zu Füßen gelegt, wie es üblich war.

Doch sie wusste, dass er voll Zuneigung zu ihr war. An einem Nachmittag, als sie am Flussufer saßen, hatte er mit einer Taubenfeder ganz sanft über ihren Fußrücken gestrichen und war dabei errötet wie eine Braut. Sie hatte ihm die Feder entwendet, als sei sie ein kostbares Juwel.

Der gesamte Haushalt von Bismillah Djan war in freudiger Erwartung. Der Nawwab hatte ihr Haus, ihre Damen erwählt, um auf seinem Bankett die hohen Gäste zu unterhalten. Die Dienerinnen hatten alle Hände voll zu tun. Jede Bajadere wollte geschmückt und eingekleidet sein. Jede der Damen wollte die Erste sein. Man stritt sich um den Vorzug des ersten Tanzes, um das erste Lied – nur Chanum Djan ließ sich von der freudigen Geschäftigkeit nicht anstecken. Für sie war heute der Abschied gekommen. Bei dem Bankett würde der Nawwab den Namen und die Familie der Braut bekannt geben, mit der Hassan vermählt werden sollte. Es war also ihr letzter Tag, ein letztes Mal würde sie ihn sehen. Ihre Mutter, die Madji, hatte sie bestimmt den letzten Tanz des Abends zu tanzen zu Ehren der Braut, bevor der Nawwab den Namen der Braut verkünden würde.

Sie tanzte, drehte eine Pirouette nach der anderen, der Boden unter ihren Füßen vibrierte. Sie hörte nur noch die Musik und sah nur noch ihn. Sie wollte diese Augenblicke festhalten, den Tanz nie beenden. Sie spürte seine Nähe und seine Traurigkeit. Doch irgendwann hörten die Musiker auf zu spielen, ihr Tanz war beendet. Die Gäste des Nawwab jubelten. Selbst von der Frauenempore applaudierten die Begum und ihre Hofdamen. Der Nawwab überreichte Chanum Djan ein edles

Geschmeide. Dann sah sie Hassan auf sich zukommen, mit einer purpurroten Rose in der Hand! Der ganze Saal hielt den Atem an. Rosen waren nicht das Geschenk für eine Bajadere. Man entlohnte Bajaderen mit Juwelen und Gold, aber nicht mit Rosen! Eine purpurrote Rose stand nur der Braut zu!

Diese Geschichte ist schon längst Vergangenheit, Chanum Djan ist eine alte Dame. Sie hält sich nur noch in ihren Gemächern auf. Manchmal öffnet sie ein Buch, darin liegt eine getrocknete Rose. Behutsam streicht sie mit ihren zittrigen Fingern darüber und murmelt immer wieder vor sich hin: „Eine Rose für Chanum Djan!“

Geprägt durch 14 Jahre Recherche und Vertiefung der Bajaderenkultur Nordindiens

Die Geschichte der Bajadere Biswara Djan

Padmini war 6 Jahre alt, als man sie mit Hanumat, dem Sohn des Kaufmanns Lal Chand, verlobte. Mit ihrer Mutter und den Tanten war sie im Bazar, um Stoffe, Ghagras und Dopattas zu kaufen. Sie durfte sich selbst Armreifen aus Glas aussuchen und beim Goldschmied hatte man eine goldene Kette mit einem Rubinanhänger für sie in Auftrag gegeben. Mutter war mit ihr am Abend in den Tempel der Göttin Lakshmi gegangen. Sie hatten Blüten, Obst und Weihrauch geopfert. Ihre Mutter hatte lange meditiert und Slokas gesungen. Padmini konnte nur an ihre schönen Kleider denken und an die vielen Süßigkeiten, die es zur Verlobung geben würde. Auch wenn sie nicht gerade begeistert war einmal die Frau von Hanumat zu werden. Er war schon ein großer Junge, mindestens 12 Jahre alt. Er hatte das ganze Gesicht voller Pickel und eine dicke Nase und beim Versteckspiel war er immer der Erste, der gefunden wurde.

Ihr Vater meinte: „Die Hochzeit ist doch erst in acht, neun Jahren. Bis dahin sind die Pickel verschwunden und er wird dir ein schönes Leben ermöglichen, denn seine Familie ist reich und dein Schwiegervater ist ein gütiger Mann und nur darauf kommt es an!" Schnell hatte Padmini Hanumat aus ihrem Gedächtnis gestrichen; sie spielte auch lieber mit ihren Freundinnen „Radjkumari und Radja" als mit den großen Kindern ihres Viertels Verstecken.

DAS WAR GESTERN. – Heute sitzt Padmini in einem dunklen Loch und weint, sie hat Durst und Hunger und unsagbar schreckliche Angst. Sie sehnt sich nach der Geborgenheit und Zärtlichkeit der Mutter.
WAS IST GESCHEHEN? Sie hatte sich doch nur ein wenig weiter als die anderen Mädchen beim Blumenpflücken vom Dorfrand entfernt. Plötzlich hat man ihr einen stinkigen Sack über den Kopf gezogen. Sie dachte zuerst, es sei ein übler Streich der Freundinnen. Doch dann hörte sie eine raue Männerstimme und sie schrie so laut sie nur konnte.

Die Männerstimme fuhr sie barsch an und drohte mit Prügeln, wenn sie nicht sofort aufhöre zu schreien. Wie ein Sack Kichererbsen wurde sie auf einen Esel geladen!
DAS WAR GESTERN. – Heute sitzt Padmini in einem dunklen Loch und weint. Doch plötzlich hört sie Geräusche, grelles Sonnenlicht blendet sie. Nun sieht sie, dass sie in einem Ziegenstall sitzt. Ihr Herz klopft und ihre Angst vor dem nahen Tod ist unermesslich. Sie kann vor Entsetzen nicht einmal mehr weinen.

Ein Mann, sicher ein Bandit oder Räuber oder gar ein Kinderfresser, wirft einen zappelnden Sack in die Ecke. Ein Junge, nicht älter als ihr Bräutigam Hanumat, stellt einen Krug Wasser vor sie hin und wirft achtlos ein paar Chapatis auf die Erde. Bevor sie überhaupt nach ihren Eltern fragen kann, sind beide verschwunden und es wird wieder dunkel. Doch langsam gewöhnen sich ihre Augen an die Dunkelheit. Es scheint, dass von irgendwoher ein bisschen Tageslicht in den Stall dringt. Der Sack in der Ecke bewegt sich und schluchzt. Aus dem Sack schaut ein schmutziges, verweintes Mädchengesicht. Padmini atmet erleichtert auf. Von diesem ängstlichen Mädchen droht ihr sicher keine Gefahr! „Hallo du, Mädchen, ich bin Padmini aus Faridhpur, die Tochter des Gemüsehändlers – und du?“ Das fremde Mädchen schluchzt: „Ich bin Fatima aus Bonmahal. Mein Vater ist der Muezzin in unserem Dorf.“ „Ah, eine Muslima“, denkt Padmini bei sich. Ob wir wohl beide vom gleichen Krug trinken dürfen und ob die Götter und ihr Gott Allah uns bestrafen, wenn wir gemeinsam das Fladenbrot verzehren?“

Fatima hat andere Sorgen. Etwas verächtlich erklärt sie Padmini, dass ab heute kein Mensch mehr danach fragen wird, ob sie Muslims oder Hindus seien. Padmini fragt sie ganz entgeistert: „Weshalb???“ Fatima ist bereits 11 Jahre alt und es scheint, dass sie viel mehr über das Leben außerhalb ihres Dorfes weiß als Padmini. Im Schlaf fühlt Padmini den Atem Fatimas auf ihrem Haar und sie träumt, es sei der Atem der Mutter. Beide werden von ihrem Entführer aus dem Schlaf gerissen:

„So, meine Goldtäubchen, jetzt geht's auf die Reise!" Er packt beide brutal an den Armen, bindet sie Rücken an Rücken zusammen und trägt sie auf seiner Schulter über den Hof. „Endlich Licht und frische Luft!", denkt Padmini. Doch es dauert nicht lange und sie werden auf einen Karren geworfen und mit schmutzigen Lumpen bedeckt. Stundenlang liegen sie zusammengebunden in diesem Karren. Ihre Tränen sind versiegt, jede Hoffnung ist geschwunden die Eltern je wiederzusehen. In den düstersten Farben hat Fatima ihr geschildert, was geraubten Mädchen passieren kann. Padmini bittet die Göttin um Schutz und versucht den Gedanken zu verdrängen, dass man sie verkaufen wird. Vielleicht haben beide Glück und man verkauft sie an einen reichen Haushalt und sie werden beide Dienstboten. Fatima macht sich keine großen Hoffnungen. Sie weiß von ihren großen Brüdern, dass man geraubte Mädchen in Bordelle verkauft.

Wenn man ganz großes Glück hat, wird man in einen angesehenen Bajaderenpalast verkauft. Aber warum sollten sie beide soviel Glück haben?

Diese Zeit liegt schon so lange zurück! Padmini, die nicht mehr Padmini heißt sondern Biswara Djan, schaut aus dem Fenster ihres luxuriösen Gemachs auf die Straße. Kutschen und Sänften bewegen sich in Richtung Palast. Heute ist ein großer Tag! Sie, die junge, talentierte und schöne Bajadere, soll bei Hofe singen und tanzen! Der Nawwab von Lakhnau gibt für seine Freunde ein Fest. Fulbano Djan, ihre Besitzerin, hat sie erwählt für ihr Haus auf diesem Fest zu glänzen. Freudig erregt geht sie auf und ab. Miyan Sahib, der ergebenste ihrer vielen Verehrer, hat ihr ein Smaragdcollier geschenkt, damit sie es an diesem Abend trägt. So erübrigt sich auch die leidliche Kleiderfrage, ob rot, purpur oder grün. Sie wählt das smaragdgrüne Tanzkostüm mit dem Brokatoberteil mit silbernen Rosen und einen passenden Schleier. Die Sänfte ist schon bestellt, ihre Bua, die Dienerin, wird sie noch ankleiden. In solchen Momenten, wenn sie geschmückt und besser gekleidet als jede adelige Dame das Haus verlässt, denkt sie mit Wehmut an zu Hause, an ihre Eltern und fragt sich, ob man sich manchmal an sie erinnert. Bis heute wissen die Eltern nicht, was aus ihr geworden ist. Sie schaut dann in den Spiegel und sagt sich: „So hätte ich ausgesehen als Braut. In einer Sänfte hätte ich das Elternhaus verlassen, um in das Haus des Schwiegervaters zu gelangen.“ Doch sie ist hier in Fulbano Djans Bajaderenpalast, eine junge – noch junge – vielversprechende Bajadere. Ihr Gesang wird von allen Herren geschätzt. Ihr Tanz hat Stil und findet nicht nur bei den adligen Herren Gefallen. Immer wieder wird sie zur Fürstin Begum Hassina von Awadh gebeten, um sie und ihre Damen zu unterhalten. Kann sie mehr erwarten? Wie ist das eigentlich mit der Liebe, die sie tagtäglich besingt? Was ist das überhaupt, Liebe? Ein romantisches Gefühl, eine Schwärmerei der Müßiggänger oder gar eine schreckliche Krankheit, wie Fulbano Djan behauptet? Sie, Biswara Djan, hat nur schön, anmutig und unterhaltsam zu sein! Doch bisweilen machen sie die Ghaselen, die Liebesgedichte, die sie Nacht für Nacht rezitiert, um die hohen Herren zu unterhalten, nachdenklich. Die alten Bajaderen haben sie gelehrt Verliebtheit vorzutäuschen, je nachdem dem betreffenden Verehrer schüchtern oder keck gegenüberzutreten. Bis jetzt hat sie immer Glück gehabt und keiner der Herren hat den Wunsch geäußert, sie als Konkubine zu verpflichten. Ihr Talent für den Gesang beschert ihrer Besitzerin Fulbano Djan beachtliche Einnahmen. Allabendlich kommen mehr Gäste zum Mehfil, der Abendveranstaltung, um sie zu hören. Die anderen Bajaderen, die weniger Talent haben, beneiden sie sehr um ihre schöne Stimme. Sie bekommen alle den gleichen Unterricht: Gesang, Tanz, Lyrik, Farsi und Arabisch. Der Maulvi, der sie den Koran lehrt, kommt auch jeden Tag, um sie alle zu unterrichten. Er ist sehr streng mit ihnen. Bis heute hat sie nicht begriffen, weshalb eine Bajadere den Koran auf Arabisch auswendig lernen muss. Bis jetzt hat ihr noch keiner ihrer Verehrer eine Sure ins Ohr geflüstert. Die meisten der Bajaderen sind geraubte Hindumädchen, aber Fulbano Djan duldet keinen „Götterhokuspokus“, wie sie es nennt, in ihrem ehrenwerten Haus.

Es wird gehüstelt an der Tür. Anwara Bua, ihre Dienerin, betritt den Raum:„Verehrte Biswara Djan, ich soll dir beim Ankleiden behilflich sein, du sollst viel Geschmeide anlegen. Unsere Madji Fulbano Djan will die anderen Bajaderenhäuser heute Abend ausstechen. Ihre Damen sollen die schönsten sein!“ Padmini, oder besser gesagt Biswara Djan, zieht ihre schön geschwungenen Augenbrauen hoch: „Als ob das Geschmeide meine Stimme besser klingen lassen würde!“ Anwara Bua antwortet verschmitzt: „Das viele Geschmeide soll die hohen Herren anspornen sich gegenseitig in ihrer Großzügigkeit zu übertreffen! Du wirst sehen, spätestens nach diesem Abend wirst du von den Sahibs mit Juwelen überhäuft werden!“ Biswara zieht eine Schnute: „ Ein putziges Äffchen wäre mir lieber als tote Steine!“ Anwara Bua schüttelt den Kopf: „ Biswara Djan, du bist kindisch, was willst du mit einem Affen? Sind die jungen adligen Gecken nicht äffisch genug? Wenn du alt bist und niemand dich mehr tanzen sehen möchte, wenn deine Stimme brüchig wird, wenn du fett wirst wie Leila Djan oder lieber Opiumkügelchen isst als sonst etwas, dann musst du von deinen Juwelen leben. Fulbano Djan verteilt keine Almosen! Wie lange bist du schon hier? Du bist hoffnungslos naiv. Du denkst wohl, einer der hohen Herren nimmt dich zur Frau. Eher verspeist ein Sadhu eine Kuh! Kindchen, du bist eine Frau ohne Purda. Du trägst deinen Schleier zur Zierde, nicht um dein Gesicht zu bedecken! Sie machen dich zu ihrer Geliebten, aber nie zu ihrer Gemahlin!“

Biswara Djan lächelt traurig: „Man wird wohl träumen dürfen! Jetzt beeil dich, Bua, und hilf mir mein Geschmeide anzulegen! Die Sänfteträger warten schon!“

Stunden später bei Hofe

Der Applaus berauscht Biswara Djan. Der Nawwab bedankt sich persönlich bei ihr – welch eine Ehre! Biswara Djan blickt schüchtern zu Boden. Der Nawwab von Lakhnau hebt ihr Kinn an und schaut ihr in die Augen: „Ihr wart die zauberhaft Schönste aller Bajaderen

Lakhnaus! Euer Tanz hat mich ergötzt, war Balsam für meine arme Seele. Darf ich Euch meinen Neffen vorstellen – Mirza Munshid Shahib. Ich habe Fulbano Djan gebeten meinem Neffen in ihrem Haus den letzten gesellschaftlichen Schliff zu geben. Ihr seid Expertin in Sachen Konversation und exquisitem Geschmack. Ich lege also seine höfische Erziehung in Eure zarten Hände". Biswara senkt anmutig ihr Haupt, will wie üblich bei Hofe alle möglichen Dankesbezeugungen aussprechen, doch der Nawwab schwenkt seinen Elfenbeinstock kokett, wendet sich anderen Gästen zu und lässt sie mit Mirza Munshid Sahib stehen. Sie blickt in zwei träumerische Augen. Statt ihr übliches Höflichkeitsrepertoir auszusprechen errötet sie nur. Ihr Gegenüber hilft ihr nicht diese peinliche Situation zu meistern. Er starrt sie nur an, als würde er nicht wissen, was sich geziemt. Und diesen Träumer mit den sonderbaren Manieren soll sie in höfischen Umgangsformen unterweisen?

Am nächsten Abend ist Mirza Munshid Sahib der erste Besucher in Fulbano Djans Bajaderenpalast, viel zu früh um höflich zu sein. Die Musiker stimmen gerade ihre Instrumente, die Dienerinnen entzünden die Lüster und Lampen. Man bittet ihn höflich auf die Damen des Hauses zu warten.Er hat das Gefühl zu schweben, als er Biswara die Marmortreppe elegant herabschreiten sieht. Der Klang ihrer Fußglöckchen lässt ihn erschauern! Seit gestern Abend weiß er, dass er unsterblich in Biswara Djan verliebt ist. Sein Verstand sagt ihm, dass es gegen jede Vernunft ist eine Bajadere zu lieben. Ob sie wohl etwas für ihn empfindet? Man sagt ja, Bajaderen hätten keine Gefühle, sie bescherten nur die Illusion von Liebe. -

Biswara ist nervös und weiß nicht, wie sie ihre Gefühle vor Mirza Munshid verbergen soll. Sie hat das Gefühl gleich ohnmächtig zu werden. Anwara Bua hat ihr letzte Nacht eröffnet, dass das die Liebe sei und keine Krankheit. Allerdings, für eine Bajadere gebe es nichts Schrecklicheres als dieses Gefühl, es verderbe nur das Geschäft!

Dieser Abend ist der Anfang ihrer Liebe. Biswara und Mirza werden von den anderen Bajaderen nur die Turteltäubchen genannt. Romantische Picknicks im Wald, Besuche auf dem Vogelmarkt, vergnügte Nachmittage am Fluss, lauschige Abende auf der Dachterrasse gemeinsam mit den anderen Damen und ihren Verehrern im Schlepptau. Die beiden Liebenden sind der Mittelpunkt der munteren Gesellschaft. Zu jeder Tages- und Nachtzeit schwört Mirza ihr ewige Liebe und Treue. Sie verspricht ihm dasselbe, obwohl sie genau weiß, dass das mit der Treue so eine Sache ist. Sie, eine Bajadere, wer weiß, vielleicht würde man sie morgen schon in ein Konkubinat zwingen. Fulbano Djan ist habgierig, sie würde selbst ihre Töchter an den Meistbietenden verschachern. Insgeheim hofft sie, Mirza würde sie bitten seine Konkubine zu werden.

Am nächsten Morgen erscheint ein Bote bei Fulbano Djan mit einer Nachricht von Mirza Munshid Sahib für Biswara Djan. Eine Einladung zu einer Abendgesellschaft in die Jagdhütte des Nawwab, nur für Biswara Djan! Welch ein Ansinnen selbst für eine Bajadere mit freizügigem Lebenswandel! Kommt es doch fast einer Beleidigung gleich solch eine Einladung zu erhalten. Man bestellt ein käufliches Tanzmädchen aus dem Bazar zu sich nach Hause, aber doch nicht eine allerseits verehrte und begehrte Bajadere. Fulbano Djan schäumt vor Wut ob dieser Sitten und Missachtung sämtlicher Anstandsregeln. Fulbano Djan befiehlt Biswara zu sich in ihre Privatgemächer und wirft ihr die Einladung an den Kopf. Biswara zieht ihren Schleier über das Gesicht und weint leise in sich hinein.

Nur nicht die Beherrschung verlieren!
Fulbano Djan faucht sie wütend an: „Diese Respektlosigkeit mir und meinem Haus gegenüber lass' ich nicht durchgehen! Mirza Munshid Sahibs Geist muss jetzt wohl umnachtet sein oder er ist so verliebt, dass er den Verstand verloren hat! Aber das kommt wohl hier auf das Gleiche heraus. Nun, du wirst zu dieser Abendgesellschaft gehen. Anwara Bua und ein Wachmann werden dich begleiten, deine Reputation

ist also nicht gefährdet. – Ich muss wissen, was hinter dieser ganzen Sache steckt. Vielleicht will er dich tatsächlich bitten seine Konkubine zu werden, obwohl ihm die Mittel dazu fehlen. Er müsste zuerst einmal verheiratet sein. Nein unmöglich, was es auch ist, ich muss es wissen! Anwara Bua wird dich begleiten.“ Biswara ist hin- und hergerissen zwischen dem Gefühl von ihrem Geliebten enttäuscht worden zu sein und der Vorfreude ihn am Abend zu treffen, seien die Umstände auch noch so unschicklich. Die Anwesenheit Anwara Buas garantiert einen Hauch von Anstand und Sitte und spätestens nach der Begrüßung wird sich Anwara Bua zurückziehen.

Die Kutsche des Nawwab von Lakhnau bringt Biswara Djan und Anwara Bua zur Jagdhütte, die eigentlich ein kleiner Palast in einem kleinen Wäldchen außerhalb Lakhnaus ist. Der Palast ist hell erleuchtet, Diener stehen mit Fackeln Spalier. Der Haushofmeister geleitet Biswara Djan und ihre Dienerin in den Festsaal. Musiker spielen verhalten ein Abendraga. Keine Gäste? Keine Feier? Mirza Munshid kommt ihr mit ausgestreckten Armen entgegen, Biswara Djan schaut ihn erschrocken an. Seine sonst so träumerischen Augen blicken sie traurig an, seine sonst so sanfte Stimme klingt leicht zynisch: „Biswara, geliebtes Herz, wir feiern heute Abend mein Begräbnis!“ Biswara Djan ist verwirrt. Anwara Bua ahnt, was nun kommen wird: Hunderte Male hat sie es erlebt, wie einer jungen, schönen Bajadere das Herz gebrochen wird. Sie entfernt sich mit einem unterwürfigem Salam.

Die Liebenden stehen sich gegenüber. Mirza reißt Biswara in seine Arme und schluchzt. Er lüftet Biswaras Schleier, entblößt ihr Haupt, als sei sie seine Braut und vergräbt sein Gesicht in ihren Locken. Biswara ist verängstigt ob dieses Gefühlsausbruches. Behutsam wie eine Mutter führt sie Mirza zu einer Sitzecke und bittet die Musiker den Raum zu verlassen. Ihre Stimme zittert und ihr Herz scheint zu zerbrechen, als sie ihn um eine Erklärung bittet. Er küsst ihre Handflächen und schaut sie traurig lächelnd an: „Geliebte, das ist unser letztes Beisammensein!

Mein Onkel, der Nawwab, hat beschlossen mich mit seiner jüngsten Tochter zu verheiraten. Ich werde sozusagen meine eigene Familie heiraten. Ich kann dich nicht einmal bitten meine Konkubine zu werden. Meine Familie und meine zukünftige Frau, meine Cousine, würden es nie akzeptieren. Wir können uns auch nicht heimlich treffen, ich würde dich damit nur bloßstellen!"
Biswara kann keinen klaren Gedanken fassen: „Den Geliebten verlieren, ihn lieben, aber nicht sehen dürfen!" Wenn er eine ihrer Vorstellungen besuchen würde, würde es sein, als sei sie nie seine Geliebte gewesen. Er nur ein Bewunderer wie all die anderen Gäste – das war ihr Los, das Los einer verlassenen Bajadere. Heiße Tränenströme fließen stumm von ihren Wangen auf ihr Geschmeide, ein Geschenk ihres Geliebten. Mirza versucht Biswaras Tränen wegzuküssen. „Biswara gewähre mir einen letzten Wunsch – tanze und singe für mich auf meiner Hochzeitsfeier!" Biswara schaut ihn entgeistert an. Sie fühlt wie eine eiskalte Hand nach ihrem Herzen greift. Wie eine Schlafwandlerin erhebt sie sich, ihren Schleier hinter sich herziehend. Beim Verlassen des Festsaales antwortet sie geistesabwesend wie zu sich selbst: „Gewiss doch, Mirza Munshid Shahib, Euer Wunsch sei Euch gewährt. Die Bajadere Biswara Djan wird für Euch tanzen und singen auf Eurer Hochzeit – nur für Euch!"

Nach Jahren wusste sie nicht mehr, wie sie den Jagdpalast verlassen hat. Auch an die Hochzeitsfeier Mirza Munshid Sahibs, des Schwiegersohns des Nawwabs, konnte sie sich nur vage erinnern. Nur die Erinnerung an die flehenden, traurigen Augen des Bräutigams war geblieben. Sie wusste nicht mehr, wie es dazu kam, dass dieser Tag zum Wendepunkt ihres Bajaderenlebens wurde. Aus der viel begehrten und verehrten Bajadere Biswara Djan wurde die gefeierte Sängerin und Tänzerin Biswara.

Heute lebt sie in ihrem eigenen Palast.
Fulbano Djan entließ sie aus ihren Diensten ohne Forderungen zu stellen – sicher hatte der Nawwab nachgeholfen.
Die anderen Bajaderen halten sie für hochmütig und unnahbar, man beneidet sie ob ihrer Unabhängigkeit und Freiheit. Sie hat schon lange keine lästigen, glühenden Verehrer mehr, dafür ein Publikum, das sie anbetet. Was will sie mehr? Sie betritt ihr Ankleidezimmer, kniet vor einer alten Truhe, entnimmt ihr zwei Kästchen. Mit einem traurigen Lächeln öffnet sie das erste Kästchen. Es enthält eine kleine Skulptur: die Göttin Lakshmi, die Göttin ihrer Kindheit als Padmini, ein Geschenk ihrer Dienerin Anwara Bua. Auch sie ist einmal ein geraubtes Hindumädchen gewesen. Beim Öffnen des zweiten Kästchens fließen heiße Tränen über ihr müdes Gesicht. Ihr Schleier, den sie am letzten gemeinsamen Abend mit Mirza getragen hat, ihr Hochzeitsschleier, wie sie den Schleier insgeheim nennt, auch wenn er nicht rot ist sondern weiß wie die Farbe der Witwen liegt vor ihr. Auch Mirzas Geschmeide funkelt in der Schatulle, ihr Hochzeitsschmuck. Sanft streichelt sie beides und legt es behutsam zurück. Die Liebe der Biswara ruht im zweiten Kästchen! Vorsichtig schließt sie beide Schatullen wieder in der Truhe ein und verlässt ihr Ankleidezimmer.

Inspiriert durch das Schicksal vieler namenloser Bajaderen Nordindiens

M Khan

Glossar

Bajadere	hochgebildete Unterhaltungskünstlerin im moslemisch geprägten Nordindien, deren Blütezeit 12.-18.Jahrh.
Benares	auch Varanasi genannt, ältester und bedeutendster Pilgerort Indiens
Brindhaban	Krisnas Geburtsort, historisch belegt
Bua	Urdu - Bezeichnung für Dienerin
Chappati	großes Fladenbrot aus Weizen- oder Hirsemehl Hauptnahrungsmittel Nordindiens
Dhaka Musselin	feinster ostindischer Musselin Die Engländer der ostindischen Kompanie ließen zu Beginn des 19.Jahrh. den Musselinwebern in Dhaka und Umgebung (im heutigen Bangladesh) die Hände abhacken, um ihre weniger feinen Stoffe aus Manchester in Indien absetzen zu können.
Dotara	bengalisches Saiteninstrument
Dhoti	Kleidungsstück bengalischer Männer; 5m Stoffbahn aus feinster Baumwolle, wird gewickelt getragen
Djan	höfliche Anrede einer Bajadere, wird dem Frauennamen nachgestellt
Dolbadok	Trommler: Dol – bengalische Trommel Badok – der, der die Trommel schlägt
Dopatta	großer Schleier, auf dem Kopf oder vor der Brust getragen
Durga	Muttergöttin, wird vornehmlich in Bengalen verehrt
Farenghi	Bezeichnung in Hindi/Bengali für hellhäutigen Fremden

Farsi	persische Hochsprache
Ganesha	elefantenköpfiger Hindugott, Sohn Shivas und Parvatis
Ghagra	langer, weiter Rock; nordindisches Kleidungsstück
Ghasele	lyrisches Gedicht persischen Ursprungs, wird im nordindischen Kulturraum meist auch vertont.
Haveli	Stadtpaläste reicher Kaufmannsfamilien: Im Erdgeschoss befinden sich Lager- und Verkaufsräume. Die oberen Etagen dienen der Familie als Wohnsitz.
Krisna	blauhäutiger Hirten- und Liebesgott der hinduistischen Mythologie
Lakshmi	Glücksgöttin der hinduistischen Mythologie
Maharadja	Fürst hinduistischen Glaubens
Maharani	Fürstin hinduistischen Glaubens
Madji	Besitzerin eines Bajaderenpalastes
Maharawal	Bezeichnung des amtierenden Fürsten von Jaiselmer
Matura	Marktflecken, ca. 12km entfernt von Brindhaban
Maulvi	Titel, dem Namen vorgestellt für einen Geistlichen der islamischen Theologie
Mehfil	anspruchsvolle Abendveranstaltung mit Tanz, Gesang und Poesie für vornehme Herren der oberen Schichten
Nawwab	Fürst islamischen Glaubens
Parvati	Gemahlin Gott Shivas (Inkarnation der Göttin Durga)
Pudja	Andacht im Hinduismus

Purda	Bezeichnung für die islam. Sitte, gemäß der die Frau abgeschlossen von den Blicken der Männer leben soll
Raja	Fürst hinduistischen Glaubens mit kleinem Herrschaftsgebiet, meist Vasall eines Maharadjas
Rajputen	Adlige der Kriegerkaste Rajasthans
Rajkumari	Prinzessin
Rajputana	Land der Rajputen, frühere Bezeichnung Rajasthans
Rani	Gemahlin des Raja
Salam	Islamischer Gruß: „Friede sei mit dir!“
Sahib	Anrede eines vornehmen Herrn
Shiva	Gott der Zerstörung, Teil der hinduistischen Trinität
Thumri	nordindischer, semiklassischer Gesangsstil; fester Bestandteil der Bajaderenkultur
Veda	Veden, älteste Denkmäler der indischen Literatur, in vier Gruppen gegliedert: Rig-, Sama-, Yajur- und Athavar-Veda; ursprünglich dogmatische Schriften der Brahmanenschulen
Vishnu	Hauptgottheit der hinduistischen Trinität: Brahma, Gott der Schöpfer; Vishnu, Gott der Erhalter; Shiva, Gott der Zerstörer
Zenana	Frauengemächer: Adlige Damen, Frauen und Töchter der Kaufmannssippen lebten in der Abgeschiedenheit ihrer luxuriösen Gemächer. (hinduistische Sitte, bis Ende des 19.Jh. üblich)